堀田京子詩文集

おぼえていますか

コールサック社

詩文集　おぼえていますか

目次

Ⅱ　遊ぶ

Ⅲ 誰かのために

Ⅳ　種まもる人

V　追憶の日々

Ⅵ　小さな　お話

詩文集

おぼえていますか

堀田京子

序詩

この星に生きて

太陽はお母さん
命を育み　世界を照らす
あなたは宇宙の女王さま
オゾン層を破壊したのは誰

月はお父さん
太陽・月・地球が並べば満月だ
あなたは宇宙の王さまだ
宇宙戦争絶対反対

地球は子供達
青い水と空と緑に満ち溢れ
豊かな地球の守り手は大人
悪魔の手には渡すまい

花は咲く　雨にうたれてしとしとと
樹はしげる　嵐の夜にもぐんぐん伸びる
鳥は飛ぶ　自由の空へ羽ばたいて
ただ生きているそれだけで嬉しいんだ

風と雲は仲良しだ
時々けんかもするけれど
白い雲に乗って旅をしたいなー
猛烈な時代は誰のせい

I

おぼえていますか

おぼえていますか

ミカンの花が咲きました
おぼえていますか
母のうたったあの子守唄を
揺られて眠った幼き日

こいのぼりが泳いでいます
おぼえていますか
父の大きなあの背中
肩車して遊んだあの日

まん丸お月さんでています
おぼえていますか
膝の上できいたあの昔話
耳に残るあどけないつぶやき

モミジが赤くなりました
おぼえていますか
夢中で走ったあの運動会
手に汗握り応援した日

カラスがねぐらに帰ります
おぼえていますか
一緒に眺めた夕焼け空を
今でもあの日のままに

冷たい北風が吹いています
おぼえていますか
叱られて家をとびだしたあの晩
夜空の星も泣いていた

白い雪が降っています
おぼえていますか
今は遠い幸せの日々
変わらぬ思いで永遠の愛

寒椿

凍てつく大地に深く根を張り
固い幹を守る　あなたは父のよう
寒い朝も幹を支えに枝を生い茂らせ
ピカピカと輝いている葉っぱ　あなたは母のよう
枝先には真紅の椿の花　希望の花
まるで娘のようにあでやか
この花を咲かせるために
どれだけの風雨に耐え
どれだけの愛を注いできたことだろう
君待ちてしばし語らん　寒椿

福寿草

凍てつく大地を押し上げて
ひょっこり頭をのぞかせた
万歳万歳　黄金の花だ
小鳥もうかれて福を呼ぶ
待ってましたとミツバチ参上
お日様と一緒に歌いだす
夜のとばりにゃ　眼を閉じて
楽しい明日の夢を見る
季節忘れず福寿草
みんな揃って春を呼ぶ

春来れば

春来れば　桜咲く
ヒバリは空高く舞い上がり
ナイチンゲールは恋の歌
春に生まれた子は月の子ども
愛嬌があって器量よし

夏来れば　木漏れ陽ささやく
牧場では仔牛たちが草を食み
子どもは素足で浜辺をかけて行く
夏に生まれた子は太陽の子ども

天真爛漫　元気いっぱい

秋来れば　栗の実にっこり笑む
山々はあでやかに金襴緞子の装い
夕焼け小焼けの赤とんぼも冬支度
秋に生まれた子は星の子ども
ちょっぴり寂しがり屋の甘えん坊

冬来れば　山から雪がこんにちは
ヘビもカエルも冬ごもり
コタツをかこんでミカンを食べる
冬に生まれた子は宇宙の子ども
ガマン強くて優しい子

季節はめぐり　花咲き鳥啼く

数えきれない命の　輪廻転生
喜び哀しみのせて　時は流れゆく
山よ川よ　海よ地球よ
世界中の子どもらの　宇宙はめぐりめぐる
明日の夢と希望をのせて　共に息づく

春の使者

春の使者ストックの花　花言葉は不変の愛
甘い香りを放ちながら　私のところへやってきた
淡いピンクの房を　もこもことつけて　けなげに咲きほこる
数日後　花はぐったりしおれてうなだれてしまった
飲み水がなくなっていたのだ
わたしは自分の不始末にごめんを言いながら
あわてて水切りをし支柱を立てた
お願い咲いて　と　祈りながら
花瓶いっぱいのいい水をあげた
夜が来ても花は首をうなだれたまま黙っていた

翌朝一番に見た花は
しゃんと背筋を伸ばし立ち上がっていたのだ
葉っぱはまだ復活していないが　甦ったのだ
生命力の強さに感動した
生きることを　あきらめなかったあなた
わたしは胸をなでおろしてストックに口づけ
よかったね　助かったね
まるでわが娘のようなあなた
生きられてよかった
命の水を飲んで　精一杯咲いている春の使者
愛しき花よ　ありがとう
つかの間の幸せ　心がいっぱいになった
真紅のバラの花も　やさしく微笑んでいる

仏の座の悲しみ

畑に黒い雨が降る
シャワシャワ　シャワシャワ　雨が降る
青い空から黒い雨　除草剤の雨が降る
一面の仏の座　赤紫のじゅうたん畑
蜜を付けた花に　緑葉に根っこに
冷たい風の中　地面にしみわたる劇薬
目のかたきにされる運命の雑草
声にならないあがき苦しみ
ジワジワっと　しみわたる痛み
病院にも行けない雑草はああ無情

仏の座は茶褐色に果て死にゆく
汚染されゆく大地の嘆き悲しみ
広島で焼かれた人々の無残な姿に似て
ベトナムで枯葉剤を浴びた人々に似て
草たちも同じ運命　虫たちも死にゆく
神様耳があるなら聞いてください
素手で一気に抜かれしなびるほうがまし
生き残った一粒の種は逞しく生き抜き
側溝に命をつなぎ　春はゆくゆく

さくら

咲いた咲いた　さくらが咲いた
晴れ渡る　青い空にだかれて
この世の楽園　集うは小鳥
ピイチク　パアチク　ホッケキョウ

時は過ぎ　歓びはつかの間
花は散る散る　ハラハラと
光りをあびて　輝きながら
やがて地上は　花の海

花の数だけ　生きてきた
春の宵　私は一人もの想う
とめどなくおちる　涙
愛おしき日々を　泣く
優しい春の雨にうたれ
やがて消えゆく　花の命
思い出も　遠ざかる
生れて生きて　天に至る

うぐいす

昨日一輪　今日は五輪の梅の花
うぐいすないて　ホッケキョウ
ケッコー　ケッコウ　法華経
春一番のお知らせのせて
森じゃ　うぐいす恋の歌
ナイチンゲールにゃ遠いけど
ケキョケキョ　オレハマッテルゼ
木の芽がうかれて揺れてます
キンカ草もご機嫌よう
ハハ　春の足音響く

カタクリの花

薄紅色の
可憐な花よ
春の使者
うつむいて咲く
雨の日には
花を閉じ
お日様でれば
イナバウアー
里山の妖精
カタクリの花

ほんとだよ

クローバーは
踏まれて四ツ葉になるんだよ
ほんとだよ

使わないと体も頭もなまっていく
人の心も鍛えられて優しくなっていく
ほんとだよ

苦しみを乗り越えて　楽しみを知る
悲しみの向こうには喜びがある

ほんとだよ

雨上がりの虹のようだね
闇の向こうにはきっと灯りがある
ほんとだよ

だから行くんだどこまでも
若葉のこの道　花探しながら
あなたと手をとり合って

ねじり花

ねじり花
よりを戻せど
ねじり花
青き芝生の
花の女王
また君と
出逢えてうれし
夏の日の夢

あり

ありが獲物をひいている
自分より大きい足長虫にかじりつき
バックしながら右往左往堂々巡り
お前も迷路に入ったか
路頭に迷った時には立ち止まり
もと来た道を戻ればいいさ
くちなしの花の匂いでも嗅ぎながら
獲物なんかにこだわらず
命より大切なものはないんだよ

虹

虹がでたでた　西の空
天を仰げば　心洗われる
朝一番の　贈り物
北から南　夢の懸け橋

猛烈な暑さ　猛烈な台風
とどめは　北海道の地震
土砂崩れ　生々しい爪痕
日本列島　人の心もズタズタ

虹は不吉な予兆　だっていうけれど
あんな　美しい虹のどこに
魔物が　住んでいるのだろうか
人間の心にも　魔物が住んでいるという

彼岸

お彼岸来たよ
菜の花盛り
きなこ　こしあん
ぼた（ん）もち
さくらのつぼみも
ふくらんで

秋彼岸には
曼珠沙華
クロゴマ　つぶあん

おはぎ（萩）もち
ススキ野原の
赤とんぼ

月下美人

花は慰め　花は喜び
たった一夜の　命輝く
のびやかに　気の向くままに美しく
雄べに雌べ　花びらの崇高なる共演
白より白く舞い踊る
金粉の香り漂わせ
暗い闇に一瞬の輝きを放つ
生きている喜びを　たたえ咲き誇る
月は煌々と照り　ともに歓喜を呼ぶ
ああ　哀しみは露と消えゆく

晩秋（リーフ　イズ　ダウン）

朝日をうけて　黄金色に輝くイチョウ　推定樹齢百歳
風雪に耐え　移り変わる世の中をだまってみていたイチョウ
足元に敷き詰められた黄色いじゅうたん　土に還るとき

夕日に映えて　燃える紅葉　ハラハラと舞い落ちる
猛暑を乗り越え　厳冬をしのぎ　嵐の夜も耐えてきたモミジ
終焉の時　輝きながら天に至る

涙がポトリ頬を濡らす　あたたかい銀の雫
大地に根を張り生きることの厳しさ優しさ喜怒哀楽みんな知っている
静けさの中　消えゆく命　その美しさが心に染みわたる

楓よ

西のお山は雪化粧
澄みきった碧い空
肌を刺すような空気
林を行けば落ち葉がささやく
迷いながらの旅の道

いつしか季節は巡り
楓は真紅の衣装をまとう
秋の陽に映えて輝く
燃えながら散りゆく命

素晴らしい終焉の姿

楓よ楓　ああ楓
あなたに出会えて幸せ
生きてきてよかったと
雨に風に太陽に感謝しながら
私の手のひらで微笑んでいる
温かい大地に抱かれて眠るおまえ

クリスマス・ローズ

頭を垂れて咲く花よ
嘆いていても幸せは来ない
見上げてごらん
空は青い
ほら　さくらのつぼみが
ほころんできたよ
鳥たちの歓びの声に
耳をすましてごらん
今日の一日は
明日の為に

人は誰も
心に傷を抱きながら
終着駅を目指して
ひた走る旅人

こぶだらけの人木

植えられた場所で木は一生懸命生きている
私は大木を両手で抱きかかえた
その肌はざらざらして　まるで象の足のよう
耳を付ければ命の鼓動
切られ　折られ　蹴られ　辛い目にあってきた
こぶだらけの人生
泣いているような
笑っているような
怒っているような傷跡
眼のようなこぶ　今君は何を見ているの

鼻のようなこぶ　クチナシの甘い香りが分かるかい
口のようなこぶ　話したいことは何ですか
耳のようなこぶ　子供たちの笑い声が聞こえるかい
優しい風が葉っぱを揺らす
太陽はサンサンとエネルギーをふりそそぐ
嵐の夜も雪の日もこの場所で
根を張り裸でしのぐ
全力で生きているんだね
今夜の月は綺麗だね
虫たちは喜んで歌いだしたよ
めぐりめぐる　大自然の営み　響きあう命
調和のとれた　共存の精神に私は学ぶ

スギナのように

抜いても抜いても生えてくる
スギナのように
深く根を張り　負けずに生きる

踏まれても踏まれてもへこたれない
小麦のように
北風の中でたくましい命

転んでも転んでも起き上がる
起き上がりこぶしのように

傷だらけになりながら生きる
毒もないのにドクダミは
何といわれようと君は薬草
白い十字の花はキリストのようだ

II 遊ぶ

遊ぶ

微笑めば　微笑みが
微笑みながらやってくる
楽しめば　楽しみが
楽しみ連れてやってくる
遊べや　遊べ　遊ぶとき
遊べば友達やってくる
心豊かに遊ぶことは　生きること
遊びは学び　生きること
「遊びをせんとや生まれけん」（梁塵秘抄・今様の一節）

七ようび

月ようび　ゲーム三昧　月が出た
火ようび　かわいい子　歌えばカラスもカ・カ・カ
水ようび　すいすいと　元気いっぱいメダカさん
木ようび　モグラの子　青い空見てもっくりしょ
金ようび　教会の鐘が　キンコンカン
土ようび　ドジョウびっくり　ドンブラコ
日ようび　にっこり笑って　アーシング
　　　　おてんとさんにありがとう

カラスの話し

カラスが食べたよカレーパン
カレーカレーといいながら
カラスが食べたよカレーパン

カラスが飲んだよ甘酒を
アメーアメーといいながら
カラスが飲んだよ甘酒を

カラスカラスかんざぶろう
カップラーメンかっぱらい

カカア許せといいながら
林の中へ逃げてった

おけら

おけらケラケラ生きている
君の名前はアダムちゃん
土と共に暮らす日々

おけらケラケラ泳いでる
涙こらえて今日もまた
地上に出れば極楽とんぼ

おけらケラケラ歯っかけおけら
寂しさこらえて笑ってる

笑えば楽しい明日がくる

おけらケラケラ子守歌
おどま盆ぎり盆ぎり　ねむの歌
眠ればいい夢見られると

おけらケラケラ万歳三唱
何もかも無し裸の大将
これでいいのだおいらの人生

花を見て

花を見て　花になる
草に寝転び　草になる
石を抱きて　石になる
水につかりて　水になる
天を仰ぎ　鳥になる
光を浴びて　風になる
この広い地球の片隅で
はだしでかけてくマイライフ
この果てしない宇宙の星々よ
響きあう命　愛おしきもの達よ

でっかいどー　（ムーンラブ）

今夜の月は　でっかいどー
北海道よりも　でっかいどー
おいでおいでと　うさぎさん

今夜の月は　でっかいどー
地球よりも　でっかいどー
歌うて下され　かぐや姫様

今夜の月は　でっかいどー
あなたの心も　でっかいどー
いつも二人は　一緒だね

「め」

あきらめないの「め」の字
めぐみの「め」の字
めいどの「め」の字

鵜のめ　鷹のめ　蛇のめ傘
めんどりないたらトトケッコー
木のめ　花のめ　め吹きの芽
めのこ　に　おのこ　めおとさん
めを三角にして　怒る時
めは口ほどに　ものをいう

めがさめ　めの毒　めの薬
まだまだあるよ　めめずのめ
め　に入れても痛くないものなんじゃいな
め　から火がでりゃあっちちち
め　もあてられない惨事です
め　のうえのたんこぶ一つ
め　が覚め
め　からうろこの奴さん
め　を奪う　魚のめ　め　め
め　の黒いうちは勘弁ならぬ
め　もくれないで逃げだそう
め　のじに命吹き込めば
どんどん伸びて　めーとなくよ
良いめ伸ばして　悪いめ摘もう
めい曲　めい言　めい宮入りで

めんどくさいのは　大人の喧嘩
めい令聞かずに　目には目を
暗闇に　きらりと光るはなんじゃいな
あれまた　迷える子羊　魂　漁火か
それとも　めリークリスマス
「め」の字は　生きている証です
「め」の字は　憧れ
「め」の字は　未来の希望です

渦

渦巻クルクル　生まれて消える
竜巻グルグル　天地をつなぐ
鳴門の海では　渦潮まいて
レッツゴーゴー　奈落の底へ
地球の磁場は　強力で
ゼロ磁場　神の住む都
病も癒える　不思議なところ
時計の針は　右まわり
私の彼は　左きき
ウズウズするのは　生きてる証拠

鐘の音

キンコンカンコン　キンコンカン
桐の花咲く　五月の空に
出会いの鐘の音　鳴り響く

キンコンカンコン　キンコンカン
薄紫の桐の花　甘い香りに誘われて
鳳凰鳥（ほうおうどり）の住むという

キンコンカンコン　キンコンカン
桐の花こぼれて一つ　また一つ

別れの鐘の音　寂しかり
キンコンカンコン　キンコンカン
喜び哀しみ　山の彼方へ沈みゆく
夜空の星に　愛のささやき

子スズメ

二羽の子スズメ　待っている
朝のご飯を　ピチクリピピピ
二羽の子スズメ　呼んでいる
おやつが欲しいと　ペチャクチャチチチ
二羽の子スズメ　帰りゆく
スズメのお宿へチュンチュクチュン
父さん母さん待っている

みんな仲良くおやすみなさい
あの子スズメは覚えてる
私のことを忘れずに

一日

さくら色の朝が来た
おてんとさんは
真っ赤いしょ
お月さまなら
西の空
おはよう　元気
今日も
この道を行く
ご機嫌ようの
笑顔とともに

富士の山には
積もる雪
春の嵐は
土埃
陽は落ちて
三日月お月さん
鎌振り上げる
明日の命を
誰か知る

子守歌

ねんねんころりよおころりよ
夕焼け小焼けの鐘がなる
歌えば母さんも眠くなる
ねんねんころりよおころりよ
私の可愛いいとし子よ

ねんねんころりよおころりよ
星影さやかに暮れゆく一日(ひとひ)
歌えば父さんも帰ってくる
ねんねんころりよおころりよ
三日月お月さん見てねむれ

Ⅲ　誰かのために

誰かのために

美味しいものをたらふく食べて
素敵な家に住み　かっこいい車に乗って
ブランド品に囲まれて　海外旅行
何一つ不自由のない暮らし
それであなたは幸せですか
天井知らずの欲望
豊かさとは何を言うのでしょう

現代のつながりを考える
新型コロナで職を奪われた人々

広がりつつある格差社会
貧しさの中でも懸命に暮らしている
災害や疾病から学ぶ人生
人は自分の弱さを知ったとき
痛みを理解し誰かのために
優しくなってゆくのでしょう
共存共栄　響きあう世の中へ

きっとある

あったらいいね
人を笑顔にする薬
きっとある　どこかにある
負けないで何度でも立ち上がって
きっとある　笑顔になれる

あったらいいね
三度の飯より好きな事
きっとある　探しに行こう
あきらめないで歩いて行こう

きっとある好きな事誰にでも
できたらいいね
心ときめく好きな人
きっといる　どこかにいる
巡り合うその時信じて
きっとある　探しに行こう

乾杯

友の歓びは
私の歓びとして
友の悲しみは
私の悲しみとして
共に　乾杯
出会いに　乾杯
別れに　乾杯
今日に　乾杯
明日に　乾杯
人生に　乾杯

七本指のピアニスト

ピアニストにとって指は命　その指がマヒ　絶望のどん底
そんな彼を救ったのは汚れなき子供　きらきら星に　躍動する幼き命
一筋の光に向かい心を奮い立たせ　新たなるスタート
絶望から生まれた　一音に込める願い
命をえた音の輝き　一年かけて一曲
Chopin ノクターンが魂に語り掛ける
最悪の出来事を最高のものに変えるとき
病気は神からのギフトだと言い切る強さ
人は必ず立ち直れる　彼は生まれ変わった
新たなる七本指のピアニスト　その人の名は　西川悟平さん

一本指の男

働き盛り　突然の難病発症ＡＬＳ
すべての筋肉はやがて萎縮してゆく
病は彼の体を蝕んでゆく
なんというむごい試練
すさまじい闘いの日々
涙枯れても何も変わらない
悲しみを力にかえて
受けて立つしかない
やがて声も失われていくだろう
その日のために彼は立ち上がった

まだ親指一本が動くうちに
ハイテク機器を駆使しての挑戦
まだある声を録音してその日のために
もう彼の心に　何の迷いもなかった
温かく支えてくれる人がいる
自分らしく生きることを決意したのだ
嘆きを希望に　生きるために生きる
人は必ず立ち上がることができる存在
彼の魂は輝きを増していった
生きることの難しさと素晴らしさ

哀しいね

哀しいね　歯を失うって
哀しいね　キュウリも噛めない
大切に　守ってきた　はずなのに
取り返しのつかない　この惨事
哀しいね　失ったものは　帰らない
心にぽっかり　空いた穴
喪失の悲しみ　心に深く差し込み
身に染みる　老いの寂しさ
入れ歯様に　泣き寝入り

詩を書く

詩なんて不幸な人間が書くものさ　隣人がつぶやいた
「災い転じて福となす」　不幸を幸せに変えるために書くものさ
書けば　書く時　書かずにはいられない
心には千両のツボがあるという　もう一人の自分と対面
己の魂を見つめ　切ない叫びを聞く
深い水面の底に　渦巻く哀しみを知る
他者の魂と触れ合う　それは至上の歓び
どんな金貨よりも　生きている証を実感できるから
あるがままの自分を眺めて　ひそやかにこれでいいのだと
自分をなだめる　自分の魂に背かないで生きて行きたい

友

「教えるとは希望を共に語ること
　学ぶとは真実を胸に刻むこと」
アラゴンの言葉
熱く語り合ったあの夏の日
今あなたは死を見つめて
粛々と覚悟の身辺整理
私の言葉は耳に入らない
強くて立派だったあなたがなぜ
最後くらい甘えたっていいじゃないの
でもそれができないあなた

切ない　人は寂しいものですね
喜びも悲しみも苦しみも皆人生
最後の一瞬まで
人生を見放さないで下さい
辛くても死ぬまで生きるのです
この世に生かされてきたことに感謝
別れた人にも感謝
ご苦労様　お疲れ様　ありがとう
君の人生に乾杯

愛なんて

哀しいね　愛なんて
夏の夜の　線香花火
燃え尽き残るは　煙だけ

寂しいね　愛なんて
風にとぶ　シャボン玉
生まれてすぐに　消えてゆく

苦しいね　愛なんて
まるで　真夏の夜の夢

嘘か誠か　我に返る時

いいんだよ　愛されなくても
いいんだよ　愛さなくても
あなたが　あなたでありさえすれば
見つめてごらん　心の中を
陽だまりの様な　ぬくもり
ふるさとの様な　安らぎ
見えないけれども　きっとある

もしも・・・だったなら

おてんとさんのおかげで　朝が来る
お月さんのおかげで　夜が来る
お星さまのおかげで暗い闇にも夢がある
あなたのおかげ　で生きられる
おてんとさんは　この世のイエス様
お月さんは　潮の満ち干の守り神
お星さまは　大宇宙の王子様
あなたは　私の支えです
もしも・・・おてんとさんが
お母さんだったなら

も一度　あなたに会いたいな
ありがとう　その一言が言いたくて
もしも・・・お月さんが　鏡だったなら
あの人の姿を　映してくださいな
あなたとお話したいです
もしも・・・お星さまが
ダイヤモンドだったなら
一つ私に　くださいな
金平糖なら　甘いに違いない
あの人に分けてあげたい　金平糖

好きなんだ

好きなんだ　絵を描くことが好きなんだ
やめられない止まらない
小さな陽だまり　あなたの居場所

好きなんだ　歌うことが好きなんだ
人生成り行き風の吹くまま
明日のことは　わからない

好きなんだ　あなたのことが好きなんだ
逢いたい今すぐに逢いたくて

この胸のときめきが・・・

好きなんだ　旅に出るのが好きなんだ
出逢いは人生の宝だから
知らない町で　人生を振り返る

好きなんだ　この街が好きなんだ
住めば都のこの街で
野に咲く花の　美しさを知る

何げない一言が

何げない一言が
人を傷つける

何げない優しさが
人の心にしみる

その一言に勇気をもらい
その一言で自信を無くす
その一言に生きる勇気が湧く

ありがとう
その一言で　心が和む
ありがとうは　魔法の言葉

祭りの晩は

祭りの晩はピーヒャララ
クルクルまわる風車
夜店の金魚もうかれ出す
ヨーヨー抱えてみていた私

祭りの晩はドンドコドン
焼きそばたこ焼きカルメ焼き
金太郎飴のおじさんは
ねじり鉢巻きたたき売り

祭りの晩はテレスクテン
おかめひょっとこ神楽舞
大きい父の肩車
般若の面に泣き出す私

昔々のあの日の私
わたあめ食べては思い出す
村の鎮守の祭りの晩の
優しい母のたもとの記憶

他に望むものはない

他に望むものはない
生かされている喜びよ
昇る朝日に合掌する

他に望むものはない
一輪の赤いバラの花があれば
私は甘い香りに満たされる

他に望むものはない
あなたさえ生きていれば

私の心は満たされている
他に望むものはない
山の彼方に沈む夕日
落日の静けさに逝きし人偲ぶ

心の窓を開いて行けば

耳があるのに　聞こえてこない
残念だね
目があるのに　見えていない
もったいないね
口があるのに　言うことができない
寂しいね
鼻があるのに　匂いがかげない
つまんないね

心の窓を開いて行けば

すばらしい音楽きこえてくるよ
素晴らしい景色が見えてくるよ
優しい言葉が生まれてくるよ
素敵な香りに包まれるよ

心の窓を開いて行けば
小さな幸せ　やってくる
明日の夢を探しに行こう

祈り

わたしは祈ります
昇る朝日に祈ります
今日も無事でありますようにと

わたしは祈ります
ご飯の前に祈ります
手を合わせ戴きますと

わたしは祈ります
病める人に祈ります

元気になれますようにと

わたしは祈ります
愛を込めて祈ります
生きとし生けるもの達の命の賛歌を

わたしは祈ります
夕焼け空に祈ります
感謝を込めて祈ります
鐘がなります　野に山に

仕合わせ（めぐりあわせ）

とべないなら
歩いてゆけばいい
歩けないなら
はってでも
自分を
抱きしめながら
耐えて行け
生きて行け
心はいつだって
夜明けだ

空を飛ぶ鳥のように
自由に
白い雲を追いかけて
旅に出る
すみれの花香り
こもれびが
揺れている
生きている奇跡
仕合わせ求めて

個活

一人が一番　二人は苦手
そんな人も　誰かが欲しい
知らない同志でも　集えば楽し
一人より　二人　皆と集う
個と個と個がつながると
何かが生まれる
やっぱり人は
持ちつ持たれつ　支えあい

人は

人は　生きるために　生まれ
人は　歩くために　立つ
人は　人になるために　学び
人に　支えられて生きている
人は　憎み争うためでなく
愛し合うために　生まれた
人は　人を支えるために生き
人は人として
愛に　生き
平和に　生きたい

Ⅳ　種まもる人

種まもる人

ご先祖様が守り慈しみ育んできた大地　タネをまき　育て　収穫
連綿とした命の営みの歴史は変わることなく
子から孫へ受け継がれて行くものであった　かけがえのない日々
大地と共に生き農業という営みの中で暮らし　社会を担っていた
喜びも悲しみも　共に分かち合いながら社会を構築
三・一一　メルトダウン　逃げろ　危ない　放射能にやられる
静かなふるさと福島を一瞬にして　葬ってしまった原発の恐怖
浪江町の日々は暗黒の闇の中に立ちすくむ　すべては水の泡と化した日
何から何まで奪いつくした原発事故

あってはならない事故が現実に起きた
あれから数年　ふるさとの火を消すな　復興には血のにじむような努力
混乱の中で在来種の野菜の種を精魂込めて
命がけで守り抜こうと頑張っていた人がいる
たかが種　されど種　代々受け継がれてきた野菜は宝である
我が子のごとき大切な種を
守ることができなくなったあの日の惨事

地場の旨味のしみ込んだ　野菜　丈夫で自然な作物
誠実な農民の喪失感・嘆きを　見過ごすことができず
会社をやめて　人生を伝統野菜にかけて活動する方がいた
効率のみの求められる経済の中で　苦難の道を行く聖職者のようだ
野菜は人が笑っていないと　固くなってしまうと嘆く高橋一也さん
食べることは生きること　化学物質など添加物まみれの加工食品の洪水
消毒漬けの野菜　これでは病気にならないほうがおかしい

食べ物を戴くということは人とのつながりが原点であったはずだ
飽食の時代において　安心して食べられるものは
どのくらいあるのだろうか
肉は抗生物質汚染　ホルモン剤まで使用されている
畑にはまず虫殺しの消毒　そして雑草は除草剤で枯らす事が定番の現代
農薬ネオニコチノイドはミツバチの神経伝達物質を破壊
絶滅の恐れがあるという
時代の流れは止められないが　思考することで身を守らねばならない
さわやかな泉の水を求めて走り回る心ある野菜屋さんに
大きなエールを送りたい
種は民族の遺産　心ある沢山の仲間で守ってゆく必要を感じる

（アメリカの種会社は次世代に種を残せないＦ１を開発）

望郷のバラード

浅間の山に積もる雪　上毛三山空っ風
鳥がなく　青い空高く
田おこし麦踏み　草むしり
風呂焚き飯炊き　火吹き竹
今でも煙が　目にしみる
かやぶき屋根の　古い家
思いだすなあ　夕餉の会話
皆で囲んだ　あのちゃぶ台を
まだ家族が　そこにいるようで
父ちゃんと　呼んでみる

ねじりハチマキ　働き者の父
姉さんかぶりの　母の面影
兄弟たちの　はしゃぐ声
今でもみんな　いるようで
おしゃべり　したくなる私
乗り合いバスの　停留所
割烹着姿の母が　笑顔で手を振る
土ぼこりの道　忘れられない
今でも母が　いるようで
母ちゃんと　呼んでみる

あの友はこの夢は　あの恋は
ふるさとは　私の原点
歓びも悲しみも　ああ今は昔
母の懐に　抱かれているような

安らぎの場所　ふるさと
気が付けば　半世紀が過ぎていた
ああ　ふるさとは北風の中
田も畑も　置き去りにされて久しい
猛烈な　時代の波に流されて
人の心も　変わって寂しい
跡継ぎもいない　ふるさと
戦死した叔父達の　お墓にそぼふる雨
蕗(ふき)のとうが顔出し　こぶしの花が咲き始め
再生の時　めぐりめぐるふるさとの春
原発や震災そして災害で
故郷を追われた人々の　無念が胸をよぎる
アレルヤ　アレルヤ
新しい希望の光に　導かれますように

甘い思い出

ズルチン・サッカリン
砂糖が手に入らなかった戦後の添加物・甘味料だ
大風呂敷を背負った叔母さんが売りに来たものだ
母は大樽(おおだる)に干大根を漬ける
糠(ぬか)をまぶしながら　サッカリンをパラパラと振りかける
大家族の食卓を支える沢庵漬け　でかい石を思い出す
ポリポリといい音がしてとてもうまかった
白砂糖は貴重品　お客様のお茶菓子
お皿に一盛り　さじですくって　手のひらに
それでは　ぺろぺろ戴きまする

砂糖湯なんて病気にならないと飲めなかった
手作りあんころ餅や炭酸饅頭(たんさんまんじゅう)・ぼたもち
みんな母の手作りでした
思い出すなー　葬式饅頭
結婚式のご祝儀砂糖菓子（鯛や松竹梅）
勝手なものです　今じゃ砂糖は　嫌われ者に
甘味はメタボのもと　糖尿患者はなおさらのこと
物があふれ　なんでも当たり前の時代
金さえあれば自由まで手に入ると思い込むなんて　もってのほか

羊が　めんよう　だった頃

羊がめんようだった頃　ひよこは　ひよっこで
にわとりは　にわっとりだった
おじいさんは山へ薪とり　おばあさんは川で洗濯
茶釜がお湯を沸かしてくれた
ズック靴を履いて　ほーずきをしゃぶっていた頃
御馳走は肉なし小麦粉カレー　白砂糖の配給
とんかつもステーキも知らなかった
新聞紙にくるまれた一個五円のコロッケ　初めて食べた感動を思い出す
たこの吸い出し　赤チンキ
越中富山の薬屋さんが　紙フーセンをくれた
裸電球のわきにハエトリガミがぶら下がり　手にはハエたたき

おてんとさんに両手を合わせ一日が始まる
嘘ついたら針千本飲まされる
悪い子はサーカスに　人さらいだっていたらしい
田んぼにゃタニシ川にはドジョウ
子供たち群れ遊び裸足で野原を駆け回る
小刀で鉛筆を削っていた頃
薪を背負った二宮金次郎が校庭で本を読んでいた
大人は食べさせることで精一杯　無我夢中で土と格闘
夕焼け空は真っ赤っか　ア　ホーイノホイ
蚊帳をつってみんなでごろ寝　のみ糞だらけのシーツ
幸せも不幸せもなく　みんな共に生きていた

時代は走り出し　テレビ参上　放射能は大丈夫かね・・・なんて
経済成長始まった　働け働け　猫も杓子(しゃくし)も　金　金　金
高度成長期やってきた

一億人が騙されて　公害続出　過労死　便利さ優先
石油ショック　バブル崩壊
体を壊す食品添加物保存料　農薬三昧　環境汚染　異常気象
事件続出少子化
化学物質時代　安心ですよという甘い言葉の裏にひそむ恐怖を知らない
心の病　アトピー　癌　沢山の難病　ストレス　豊かさの落とし子
次に来るのは　ＩＴ革命　やめられないとまらない
人工知能ロボット時代
一体どこまで行こうとしているのだろうか
空と大地　太陽や月　動物も植物も海の魚もみんな宇宙の仲間達
八百万の神は消滅したのか　自然からどんどん疎遠になってゆく
飲めや歌え怖いものなし
いいじゃないの幸せならばといいながら一人ぼっち
この貧しさの中にあって　豊かさとは　何をかいわんや

なんか変だよ　変ですね

なんか変だよ　変ですね
猛烈な自然災害　地球規模の異常気象
自然には逆らえないけれど　被害に苦しむあまたの人々
自然を破壊したのは人間のなせる業
なんか変だよ　変ですね
まだ片言の乳児がゲームに夢中　人工知能の果てしない願望
猫も杓子(しゃくし)もスマホ中毒になりそうな世の中　尋常でない事件の多発
人はどこへ向かって走り続けるのでしょうか
なんか変だよ　変ですね
無言で商品を籠に入れ　セルフレジにて精算　買い物終了

家庭内でも無言でメールのやり取り　会話が置き去りにされている
ＡＩが見張り役　人は人とかかわり人間らしくいたい
なんか変だよ　変ですね
二人に一人が癌になる　ストレス社会の置き土産
医者は抗がん剤治療を避けるという事実　我が子が先に亡くなる悲劇
添加物まみれの食品の怖さも気にならない日々
なんか変だよ　変ですね
自然の掟を破り　遺伝子組み換えを繰り返し続けてきた人間
人工的な添加物が体を蝕む　アレルギーに苦しむあまたの人々
なんか変だよ　変ですね
海の魚はプラゴミに侵され　ついに人間の体内にも蓄積
自業自得で済まされない　この付けを何とかしなくては大変
気づいたときがスタートだ　出来ることから一歩ずつ
なんか変だよ　変ですね
世界はトランプもどき体制が広がり　自国の利益の追求に走る

猛烈な人間群　飢えや寒さ不安におののく移民の群れ
シリア難民の苦悩　子供達の哀しい瞳
なんか変だよ　変ですね
経済成長という名のもとに　空気の大汚染
ＰＭ２・５　命を守れない哀しさ
発展途上国の　子供のいたいけな命が　露と消えてゆく
なんか変だよ　変ですね
母はジャパニ　ヒマラヤの子ども達が歌っている
愛よりお金　お金は宝
なんか変だよ　変ですね
繰り返しません過ちはといいながら
平和憲法改悪をもくろむ政権　災害国家の負債はふくらむばかりだ
暮らしを守ろう　みんなの力で

遺伝子

遺伝子の組み換え研究　果てがない
食品だけでなくあらゆる動植物に適応されかねない
綿花の遺伝子組み換えの実態を知った
綿の葉っぱを食べた虫は死んでしまうらしい
消毒の手間をはぶき儲けるための研究
綿花から取れた種子は人間の食品にもなる　怖い話だ
食の安全が保障されない現代　神の領域に泥靴で踏み込んでいる
癌に侵され苦しんでいる人々　アレルギーに苦しむ人々
精神の疾患で病む人々
今何が求められているのか　ゲノム遺伝子で双子が誕生のニュース

この地球上ではまだ紛争が絶えず
餓死する大勢の人が路頭に迷っている
温暖化で地球は狂いだしているというのに　輪をかけてコロナ禍
災い転じて福となすために　手探りの毎日
どんな時代がやってくるのか
人を見たらコロナと思え　と恐れられ分断される中で
つながりを求めて　新しい挑戦が始まっている

弾め　七十活（新しい時代を迎えて）

広い世界に　唯一無二の私
寝ては起き　食べては出し　繰り返してきた歳月
気持は　花の十九だというのに　気が付けば高齢者の仲間入り
幾度となく　危険な目にあいながらも　永らえてきた命
歓び哀しみ　怒り苦しみ　過ぎ去った日々は皆愛おしい
人の命は　使うためにある　やっとそのことに気づいた
世のため人のため　自分のため　愛する者のため
生きている　生かされている

そうだ　眠ってばかりではいられない

新たなる時代の　波に飲み込まれないように
ＡＩの進歩に反比例の自然破壊　温暖化　災害列島
鳥たちが自由に飛び回る空を　碧い海　砂浜を未来に残してあげたい
生きにくい格差社会　誰もが夢を持てる世の中でありたい
飢えに苦しむ難民　戦争の恐怖の中で生きながらえる人々
新型コロナに揺れ動く世界　地球の未来

理不尽な事には　勇気をもって
愛の鈴を鳴らしながら　心弾ませ歌おう歓喜の歌
ときめきながら暮らしたい　燃えつきて天に至るまで
霜に覆われた大地に　けなげに咲く冬薔薇の花
うなだれながらも香り　しっかりとその美しい花びらを開いている
花は咲くために　命の営みを　あきらめない
私も　あの薔薇の花と共に生きて行こう

まさかの時代・新型コロナ

花咲き鳥うたい新緑のまぶしい季節　まさかの時代の到来
怖いもの　お化け　なんかじゃない　幽霊でも亡霊でもない
地震・原発・温暖化・コロナかもしれない
種々の災害や疫病との闘いを経て発展し生き残ってきた人類
今再び　世界中が見えない新型コロナウイルスに戦慄
爆発的感染力　緊急事態宣言　ゴーストタウンのマスクマン
一千万超の感染者　死者数十万（全世界）
日夜奮闘中の医療従事者には深謝のみ
まさに戦場　命がけ　医療崩壊の危機　命の選別
アメリカに右にならえは　まっぴらだ

飛び交うデマや買い占め　コロナ鬱
三密（密閉・密接・密集）を避けろと　政府からの要請
「命を守ろう」を合言葉に引きこもる日々　まるで防空壕だ
コロナの勢いには　大統領でも太刀打ちできない
四十億年という　気の遠くなるような地球の歴史
水も空気も　草も木も花も　魚も鳥も動物も
すべては天からのお恵み　神からの賜物
思いのままに地球を操作　支配してきた人間様
本当に怖いものは　もしかしたら人間か
コロナの襲来は　お前ら立ち止まれよとの　警鐘か
不条理なウイルスとの闘いに　世界中七転八倒
経済崩壊・失業　路頭に迷う人々
混とんとした無明の時代
今こそ世界は一つになって新しい人類の歴史を模索する時
さ迷いながら新薬を待ち望む民衆の群れ

嵐の前の静けさの中で　終息を祈る
当たり前の日常のありがたさを思う
生き抜こうとあがきながら暮らす日々
ムンクの　叫び　の絵画を思い出す
悪い事の後には　きっといい日が来る
世界中の叡智を結集して　この難局に真摯に立ち向かう時
恐れずにガイアの夜明けを信じ
苦境を乗り越え今日を生きる
晴れ渡る青空のもと
世界中の人々の笑顔が見られますように
手をつなぎ　喜んで暮らせますように

甦れ大地

地面一升　金一升
大事なこの世の財産だ
もしも地面がなかったら
この世は闇に違いない
誰も生きては行けません
あなたは四億年のその昔
岩石ミネラルを母にこの世に誕生
さかずき一杯に　微生物数万個
小さな虫も土を耕し働いて
循環しながら　生きてます

収奪農業　土の敵
消毒三昧　瀕死の命
化学肥料で　やせ細る
耕作放棄地の嘆き
もの言わぬ土壌の心を誰が知る
ＥＭぼかしの効能やいかに
国土の守り何より大事
植物　樹木　野菜達
この世の汚れをクリーンに
土こそわが母　ミネラルは命の泉
天の恵みはお父さん
一握りの土に　神秘を見る
人の一生　土がつき
最後は　土に還ります
全ての生き物　還ります

ダンゴ虫　朝からせっせと働いて
みみずは　畑の　神様だ
ああ　ありがたや南無阿弥陀仏
一握りの土に　世界を見る

その記憶を

海辺の町で暮らしていた少年
泳ぐことが唯一の楽しみだった頃
記憶の底には戦争の影
爆撃で燃えさかる街の火
グラマンの低空飛行
ねらわれて牛車の下に逃げこんだ少年の恐怖
今でも米兵の顔がちらつく
戦争が終わった　と　小四の生徒に話す教師
戦争に負けた　と　言わずに終わったと伝えた
その言葉のもつ重み　どんな思いであったか

広島・長崎原爆投下　地獄絵の世界
炭坑内で強制労働を強いられていた米兵は釈放
命を守った防空壕は　不要のものとなった
松の木を傷つけて　松脂を集めていた時代は終わった
犬を没収して毛皮を寒冷地に送ることも終わった
お寺の鐘も鉄砲の弾丸にならずに済んだ
進駐軍うわさの鬼畜米兵がどかどかとやってきた
略奪もなく女子を連れ去ることもなかった
鬼ではなく人間であった驚き
ダイコン一本分けてください
ニンジン一本分けてください
代わりに米兵たちはチョコレートやガムをどっさりくれた
松の木は痛みを耐え忍び生きてきた
犬の命は虫けら　兵隊さんは鉄砲の玉
人の命も一枚の紙切れだった

世の中が一八〇度ひっくり返った
人間が人間であるために
繰り返しません過ちは　と　宣言したはず
平和憲法が制定され　恒久の平和を誓った国
国内に沖縄に居座る米軍基地の数々
巨大な軍事費より生活を
今必要なのはコロナ対策
戦火を潜り抜け生きてきた少年は高齢者になっていた
脳裏に刻まれたあの日あの時の断片を忘れた日はない
語り継ごう　その記憶を後世に

Ⅴ　追憶の日々

オー　マイ　ダーリン

逢えなくなっても　しまってあるの
心の奥に　あなたの言葉　いつまでも
逢えなくなっても　しまってあるの
心の底に　あなたの優しさ　大切に
逢えなくなっても　しまってあるの
愛のかけら　オー　マイ　ダーリン
いつだって　扉開けば　思い出の海

もう一度

あなたと私　手をとり合って　歩きたい
ぬくもりのある　その手の感触　もう一度
あなたのほほを包みたい
この両手のひらで　もう一度
あなたの胸に　抱かれていたい
叶わぬ願いと　知りつつ　もう一度
あなたに食べて　もらいたい
ふるさとの　山の幸海の幸を　もう一度
会えないあなたに　伝えたい
あなたのおかげで　幸せでした
ありがとうの言葉を　もう一度

私の中に

私の中に　母がいる
私の中に　父がいる
私の中に　祖母がいる
私の中に　あなたがいる
私の中に　子供らがいる
私の中に　友がいる
私の中に　故郷がある
雨上がりの後の　静かな庭
風そよぎ　鳥歌う
薔薇の花香り　雲は飛ぶ

陽は昇り　今日が始まる
私の中の　森の水車が
コトコトコットン　まわりだす
三十七兆個の細胞が　ファイヤー
私の中に　大宇宙
私の中に　歓びが生まれる
私の中に　愛が生まれる
生きていく　苦しみ悲しみも
みんなみんな　私の中に
そうして　皆の中にいる私

ふるさと東京

思えばここは　私のふるさと
あなたと出会い　あなたと暮らした街
ネオン瞬く　東京砂漠
あなたは命の泉　オアシスだった
春には草木萌えたち　大地は甦り眠りからさめる
花さき　鳥うたい　光あふれる街
夏にはひまわり　もえめぐり
あなたと過ごした愛の日々
秋には　霧立ち込めて　深い森は　弔いの支度
新しい命を　宿しながら冬には葉ボタン　あでやかな衣装をまとい

温かな愛に包まれて　ホッと一息
思えばここは　私達のふるさと
あなたの　面影を胸に　今日の一日を　生きる私

天国へのラブレター

セピア色した写真の中に
あなたはいつも微笑んでいる
あなたを想う時
幸せなのに哀しくて目頭が熱くなる
この哀しみはどこからくるの
あなたに抱かれたあの夏の日々
こんな私を導いてくれた人
つべこべ言わない人でした
大地のような人でした
空のような人でした

柿の好きな人でした
ラジオの好きな人でした
目薬させない人でした
子供を愛する人でした
仕事が趣味のような人でした
許しあい共に暮らした日々
釣りやゴルフ・スポーツ等　たしなむ人でもありました
いまでも　あなたのおかげで幸せです
空の彼方に消えた人
いつでもここにいる様な
この星に生まれ　あなたと巡り合った奇跡
おわら節口ずさみ偲ぶ夕べ
暗い夜道を照らしてくれる
お月様のようなあなた

あなたに捧げる歌
——亡き友へ

さよならも言わないで　あなたは見知らぬ黄泉(よみ)のくに
咲く花を共に見る約束も果たせず　逝ってしまった
わたしは泣いています　寂しくて
あなたの熱いまなざし　大きなふところ
まるで子どものような　その純粋さが好きでした
いつも生きる望みを与えてくれた　あなた
優しい微笑みも　ささやきも　もう帰ってはこない
私を励まし　祈ってくれた人
カサブランカの花を贈ろう　抱えきれないほどの花を
思えば私はあなたのあたたかいハートに包まれていた

しかし　運命の日　別れは突然やってきた
いつの間にか時は過ぎ　今はもう白い季節　過ぎゆきし幸の日よ
愛する者のために　同胞のために　捧げたあなたの人生
信ずることの大切さを教えてくれた人
吹く風の中に　流れる雲の上に　あなたはいます
なによりもあなたは　私の心の奥にいます
私は生きてゆきます　あなたのこの愛を胸に秘め

メモリー

――あなたの笑う三月に

ものみな芽吹く三月　咲く花を見ずして　逝ってしまったあなた
十一年目の春　季節外れの淡雪が降っています
この星では　新型コロナの大流行で　騒然とした日々です
あなたの遺影に桜の花を　お供えしました
あなたは私の深いところに住んでいます
子供達を心から愛していたお父さんでしたね
おわら節を口ずさむ度にこみあげてくるものがあります
在りし日のことを想うと涙が止まりません
あなたは素顔の私との出会いに満足していましたか
今となっては時効ですが　私は申し訳ない思いがどこかにあります

仕事人間の私を見守り　支えてくれたあなた
お互いに迷いながら許しあい
それぞれの人生を歩いてきたのでしょうね
若き日の黒髪を整えるあなたの姿が　目に焼き付いています
長身でどんぐりまなこ　クソまじめな人でした
誰にも優しい人でしたね　あなたの笑顔が忘れられません
高度成長期　会社人間で企業戦士の過労死をいつも案じていました
好きな海釣りをもっと楽しみたかったでしょうに
天国でゴルフを楽しんでいますか
銀婚式もルビー婚式も気にせず共に過ごした四十年
林住期まで現役でがんばり続けたあなた
私は一人暮らし　一生懸命に生きています
懐かしい思い出　雪の北海道　四国めぐり　九州の旅
まるで回り灯籠の絵のように　甦ります
セピア色した佐渡のたらい舟の写真

すべては昨日のことのようです
人生何が起きるかわかりません
追憶は私を幸せにつつんで　支えてくれます
忘れないよ　いつまでも　あなたのぬくもりを
人はどこからきて　どこへ行くのでしょう
この星に産まれてきた奇跡　生きている奇跡　巡り合った奇跡
女郎蜘蛛が巨大な巣を張り巡らせました
雨上がり無数の水滴が網について　まるで真珠の数珠玉のようです

父へ

音もなく降る雪
白い世界に言葉はいらない
空も大地も覆いつくされています
沢山の生き物や植物が未来を信じ
まどろみながら
壮大な宇宙に抱かれ
この厳しい季節を耐え
やがてくる春を待っています
夜のしじまに
さんざめくスバル
お父さん　生きるってすごい事ですね

残像　父は魔術師

かんな屑の山の中に　父がいる
飯粒をヘラで練り上げ接着剤を創る　父がいる
墨付け用の工具は面白かった
のみやかんなのこぎりなど
沢山の大工道具の手入れをしている父の姿は
誇らしく思えた
土壁塗りも手伝った　仕上がると藁が浮き上がって見えた
父は魔術師　ニワトリ小屋うさぎ小屋などモノづくりは朝飯前
頼まれれば何でもやってしまう父
器用貧乏といわれ　大工仕事が大好きだった

父の愛した山登りの道具は　子供のおもちゃになっていた
アイゼンを手にはめて　四つ這いで遊んだ懐かしい記憶
夏は裏庭に置いた風呂桶を　冬がくると土間に引っ越す
思春期の私は裸を人前にさらすことが苦痛で耐えられなかった
それを察したかのように父は別棟に湯殿を建ててくれた
たきぎの煙と共によみがえるあの日あの時
黒牛に追いかけられて怖かった夏の日
父は脱走した若い牛の鼻づらをねじり上げ　小屋に連れ込んだ
わたしは古い家に逃げ込み　心張棒（しんばりぼう）をかって息をひそめていた
乳しぼりのコツも　父が教えてくれた
家族で綱引きをして生まれたかわいい子牛
出産後の乳牛に温かいお味噌汁をあげる父がいる
誠実な父にも短所があった　口下手で気短かだった

忘れられない記憶がある　夏の夕暮れ時　井戸端での出来事
虫の居所が悪かったのか　母と言い争いが始まったかと思いきや
父は搾乳したばかりの大切な牛乳を　バケツごと放りつけた
バケツが母の手に当たり
こぼれたての白い乳の上に真っ赤な血が流れた
子供の私は呆然と立ちすくんでいた　血気盛んな働き盛りの父
苦しい生活の中でやりどころのないうっぷんを投げつけたのであろう
働き者の父　寒い冬は汗のしみ込んだ手拭いでほっかむり
しょっぱいような父の臭い　たばこのにおいと一緒になっていた
農閑期は土方仕事　「泣くなーよしよし」と
鼻歌を歌いながら元気に働いていた
凍てつく寒さの中に　母の作った弁当を持って家を出る
アルミの大きな弁当箱　残っていたのは梅干しの種だけ
時々山もりの天ぷらを揚げてくれた父　家族で群がって平らげたものだ

うら若き父は　東京でいっぱしの職人として働いていた
馬に乗り池袋の雑木林を駆け回ったことなど懐かしんでいた
自転車で群馬に帰省の折には尻の皮がむけたとか
しかし戦争が彼の人生を踏みにじっていった
二人の兄の戦死　家を継ぐ羽目になったのだ
無断転職した私を探しまわってくれた父
農繁期の貴重な一日を棒に振り
巣鴨中の保育園をしらみつぶし
夕方小麦色に日焼けした父が　職場の玄関に立っていた
私はとうとう謝らずに　父と別れてしまった
「父ちゃん　勘弁」わたしは本当に悪い子でした　親の気も知らないで
晩年は村の代表も務めあげ　念願の海外旅行に
東京で暮らす私に　花柄のスカーフと香水を　お土産に買ってくれた
いつまでも元気と思い込んでいたが　肺をやみ病魔に倒れた父
わたしが泊まり込んだその晩に　洗面器いっぱいの鮮血を吐いた

三十年たった今でもあの血の色を忘れない　三か月の命　だった
とうとう最後まで父の涙を見ることなく　お別れとなった享年七十三
私はとうに父の年を超えた　今でも　父の愛に包まれている
父の好きだった霧島つつじの真紅の花　今年も満開
暁のもえるような空に
父の唱える真言宗の念仏が聞こえてくるようだ

母へ

薄紅のコスモスの花に
あなたを重ねている私です
茜色の沈む夕日の中に
あなたの存在を　思い出しています
ありがとうの言葉と共に
人生の醍醐味を　深く感じています
曼珠沙華の花も咲きました
上弦の月を眺め
私の人生これでいいのだと
自分に言い聞かせています

母へのレクイエム

愛する夫の戦死（海軍）　かわいい坊やも病死　農家の嫁に
鍬を持ったことのない人でした　泣きくたびれたであろう母の心
何万回となく　私の名前を呼んでくれた人

デンデン太鼓にしょうの笛　歌ってくれた　母でした
杏子の花の咲く頃に　産湯につけてくれた人
おかっぱ頭の私を　なでなでさすってくれた人

野良の仕事は辛いけど　汗水流す母でした
北風吹けば　あかぎれ傷む

風邪ひきコンコン　鼻づまり　抱っこをせがむ　小さい私
巻きずし上手な人でした　肉じゃが・きんぴら・おっ切り込みも
梅干しこうこの好きだった母　麦飯暮らし
節くれだった農婦の手　魔法の手をした人でした

つぎあて上手な母でした
手作りカバンが恥ずかしく　文句を言った私です
女学校時代の思い出話や　英語の辞書を大切にする人でした

命がけの養蚕業　御蚕さんありがとうの母でした
不眠不休でお世話して　泣きごと言わない人でした
もんぺをはいて姉さんかぶりの母でした

親離れ子離れ　ふるさと後に東京へ

土埃の道　泣いていた母　忘れられない
着物の似合う　笑顔の素敵な母でした

いい人出来たと紹介すれば　種なしではと余計なお世話
たねちゃんという名前の母でした
四人の子供に　八人の孫

病と闘いながらも　くじけず生きた母でした
働き者でありました　ダイコンの花のような母でした
姑に仕え夫に仕える時代の人でした

誠実に生きることを　教えてくれた母でした
小さい私より　もっと小さくなった母
大正・昭和・平成と　ひたすら生きた九十年

花の好きな人でした
さくら　さくら　舞い上がる　さくら　さくら　弥生の空に
さくら　さくら　舞い落ちる　さくら　さくら　花いかだ
青い空の向こうから　母の歌声が聞こえてきます

思い出すなー

思い出すなー　おっ母さん
すりばちおさえてお手伝い
すりこ木ゴリゴリ　ゴマみそで来た

思い出すなー　お父っあん
村の見守り　火の見のやぐら
半鐘カンカン　いざ出動だ

思い出すなーかつを節
カリカリコリコリ削ります

猫のタマちゃん見張り番

牛も豚もニワトリも
皆どこかへ消えてった
浦島太郎と花子さん

思い出すなー　ふるさと訛
赤城おろしに　べーべー言葉
今でも私の原点ここに

ああ　弟よ

ああ弟よ　逝ってしまったあなた
春は弥生の三月の声を聴くというのに
雨が降る降る　私の心にも
人は皆　いつかは終わる
満開の梅の花にも別れを告げて
白足袋に脚絆を付けて魔よけの刀
頭には　三角の宝冠
六文銭をずだ袋に入れもらい
愛用のジーンズと上着姿で孫の手紙を握りしめ
白いお数珠に守られて三途の川を渡る

愛する人々に見送られて浄土へ急ぐ
花に埋もれて幸せそうに旅立つあなたの
七〇年の歩いてきた年月が蘇る
もうこの足であるくことはできないんだね
白い長い指この手を重ねることもできない
まるで眠っているかのようなあなた
孫との将棋さしもおしまいだけど
あなたの命は彼らの中に流れている
優しく　人を思いやる温かい心も
みんな　みんな脈々と受け継がれている
いつまでもあなたのこと忘れないよ

娘へ

あなたの柔らかい命
父さん母さんからの贈り物
あなたが生まれた時
母さんは　うれしくて泣いた
父さんは　にっこり笑って
優しくあなたを抱き上げた
幸せに　溢れていた

ああ　懐かしく愛おしき日々よ
飛び去ってしまった小鳥

嬉しい事　哀しい事　楽しい事　辛い事
どれもみな　あなたの人生
今は傷つき　羽のない天使・・・
あきらめてはいけない　人生は
命さえあれば　素晴らしい

母の顔に刻まれた古いシワの記憶
夢か現か幻か　優しい父はもういない
悲しみの果てに嘆きはしない
人生は何物にもかえがたく愛おしいもの
世界にただ一つのあなたの命
さあ行こう　楽しいことが待っている

大切なあなたへ贈るメッセージ

「娘へ」私の命の最後の日に

晩秋の夕暮れ　カラスもねぐらに急いでいます
木々は葉を落とし　白い季節がやってきました
星が煌めき　一輪の真紅のバラが北風に揺れています
やがてはすべてに別れを告げて　遥かな旅に出る日が来るのです

人は幸せになるために生まれてきたと言う
確かに人生は楽しむためにある
白いキャンバスに　あるがままの自分の絵を描いてください
寂しくて辛くてどうしようもない時は
自分で自分を抱きしめてあげてください

平凡な日々の暮らしの中にある幸せを　見つけてください
名もなく貧しく美しい道には　宝石がちりばめられています
人生は冒険　運は自分で開くもの
出会いを大切に　自分と向き合ってください

わたしも年をとりました　いつの間にか過ぎ去ったささやかな私の人生
今はただ幸せです　それでもなぜだか涙が止まらない
足腰が弱り目も見えづらくなってきたこの頃　やがて耳も不自由に
入れ歯の手入れをしたり鼻水やよだれが出て　見苦しいかもしれません
トイレにもゆけなくなったら　ちょっとでいい　手を貸してください
もしも粗相をしても笑わないでください
丸くなった背中に手を添えて下さい
たとえあなたのことが分からなくなったとしても
見捨てないでください
やがて私は弱り　寝返りを打つこともできなくなる日が来るだろう

その時は　あなたのその手を差し伸べてほしい
大好きなご飯が食べられなくなり
小さくなった私を見て泣かないでください
永い間歩き続け細くなった二本の足　行きたいところへは行ってきた
永い間働き続け節くれだった私の両手
やりたいことはやってきた
心の決めたままに生きてきた
やり残したこともないわけではないが　後悔はしない
人生は素晴らしい　生まれてきたこと　出合った人々
今はすべてにありがとう
わたしの命の最後の日に　静かに手をつないで送ってほしい
手をとりあえば一瞬にしてあなたの生まれた日のことが蘇るでしょう
語りつくせないあなたとの愛おしき日々の追憶
いつも私の傍にいてくれてありがとう
あなたのことをずっと愛しています

歩いていこう

愛と挫折
光と闇　影と日向
夢と現実のはざまの中で
母なる自然の懐へ帰る
花はアモーレ
鳥は歌い
木々はささやく
優しい風に髪なびかせて
歩いて行こう
この星に生まれ

この空の下で
この大地を
踏みしめながら
生きて行く
ありのままの　己の存在
蒔かれた所で　今を生きる
時は流れ　千切れ雲は
山の彼方へ　消えてゆく

Ⅵ　小さなお話

花ちゃん　頑張れ

昭和の暮らし

その昔人間は、田畑を耕し大自然と共に生きてきました。自然界には神が宿り、生きとし生けるものを見守っていたのです。そんな時代を人は縄文時代と呼びました。

花ちゃんには三つ違いの兄ちゃんがいます。名前は健一。働き者の両親は汗水流して農業に専念し暮らしをたてておりました。ばあちゃんは花ちゃんを膝にのせて「赤い靴」の歌をよく歌ってくれたものです。戦争で大事な息子を三人も亡くしたばあちゃんです。息子たちの話になると、涙ぐんでいました。孫の健兄ちゃんや花ちゃんを、いつも目に入れても痛くないほど可愛がってくれました。

花ちゃんが子供だった頃、まだ縄文時代に近い暮らしがあったのです。薪をとり、かまどで飯を炊き、風呂も薪で沸かしていました。五右衛門さんの風呂は木製のふたにうまく乗り、それから沈む。サーフィンのようでした。

屋敷には豚小屋、牛小屋がありました。草や飼料などの餌やりが日課でした。ニワトリは放し飼いです。お茶碗が割れてしまうと石で砕き鶏に与えました。歳をとった鶏は、首を落とされ毛をむしられてしまいます。そして皆でその肉を食べるのです。白い羽が宙に舞い哀しみを誘う。花ちゃんはどんなにひもじくても、鳥肌が立ち、肉だけは食べられない子でした。皆はやたら口に入らない御馳走の、肉にとびつきます。ドジョウも嫌いになりました。煮えたぎる鍋に入れられたときに、キューンキューンという断末魔の声を聞いたからです。

毎朝、拭き掃除をし、学校から帰ると手伝いが待っていました。ドロまみれになって田畑を耕し手伝いました。冷蔵庫も掃除機もテレビもない時代でした。そのころ花ちゃんは、男でもないのに自分の事を「俺」

と言っておりました。「私」なんて街の子みたいで恥ずかしくてとても言葉にできなかったのです。

川ではジャブジャブ洗濯をします。鍋もゴシゴシ洗います。大きな桃が流れてきそうな時代でした。水が引くと砂地には小さい穴がポッポッと出来ます。穴をほじくり返せば、必ずシジミが取れました。

川にはニナがうじゃうじゃ生息して、石にへばりついていました。ほたるはまばゆい程に飛び交っていました。子どもは麦わらで籠を編み、ほたるを入れます。川沿いにはアカシアの大木が白いふさふさした甘い花をつけると、ハチが蜜を吸いにやってきます。優しい風が花房を揺らしています。

四季の遊び

待っていた春、温かく柔かい日差しが大好きでした。芽吹きと共に生きとし生ける植物は、活動し始め、色とりどりの花が咲き始めます。桜吹雪のトンネルをくぐりました。虫たちも穴から出てきます。

やがてつつじの花が咲き季節は巡ります。竹やぶからにょきにょきと沢山のタケノコが生えてきます。

花ちゃんは友達とたけのこの皮のスリッパを作り、履いて遊びました。爽やかでした。梅干しを皮で包み三角にして、わきからチュクチュク吸って食べました。酸っぱいけれど、しその味がたまりません。健兄ちゃんは、仲間と鮎川で水浴びです。崖から飛び込みをします。母さんはいつも怪我のないように注意をしていました。帰りは河原でひと遊びです。蜂の巣を狙い、生け捕りにします。巣の中の白い幼虫を丸のみにします。「うんめーぞ、乳みてえに甘いんだもんなー、お前も食えよー」と言って女の子に見せびらかします。紫色のドドメ（桑の実）を食べると、口の周りが紫色に染まります。食べられそうなものはなんでも口にしました。

青ダイショウを首に巻きつけたりの、ガキ大将もいました。皆、裸足で飛び回っていました。

父さんは、大きな樫の木にロープを結び、素敵なブランコを作ってくれました。風に吹かれながらこのブランコに皆で代り番こに乗りました。木との間にハンモックもつりさげてくれました。風に吹かれながら揺られていると気持ちよくて、眠たくなります。

炎天下、アイスキャンデー屋のおじさんがカネをチンチン鳴らしながらやってきます。十円玉を握りしめ、走って買いに行きます。ひょうたん型のゴムに入ったアイスにむしゃぶり付くと、冷たくて甘い氷が出てきます。トウモロコシは釜で山盛りゆでます。皆で食べます。

農業は大忙しです。田んぼのほかに、へちまやたばこ作りもあります。家族総出で、お蚕さんの世話に明け暮れます。寝る場所がないくらいお蚕さんを飼います。

秋、田んぼにはバッタがいっぱい。捕まえると茶色い唾液を吐くので怖かったです。足のギザギザも嫌でした。何より複眼で睨まれると「お助けー」と言われているようで、身が縮む思いがありました。木綿袋にイナゴを沢山入れて学校に持って行きます。稲株のわきを掘り起こすと田螺（たにし）どんが取れました。真っ赤に染まる、夕焼けの空が大好きでした。やがて暗くなるとお月さんが「こんばんは」ってやってきます。煌めく星は希望でした。

キラキラ星よ　あなたはいったい誰でしょう
あんなに広い　お空のてっぺんで
キラキラキラキラと　ダイヤモンドの様に

花ちゃんは父さんの自転車を借りて、坂道で練習をします。三角乗りはなかなか思うようにできず、からたちの垣根に突っ込んだりしました。何度も転びその度にあちこちに擦り傷を作りました。

　年の暮れ、街でチンドン屋さんを見ました。大売り出しです。派手な着物を着て、かつらをかぶり、厚化粧をした芸人さんが、クラリネットや太鼓をたたいて音楽を奏で、にぎやかにねり出します。子供達は行列を作り、ついて回ります。

厳しい冬は大変でした。寒さで手も足も霜焼けだらけです。痛がゆくて、やがてグジュグジュになり春が来るまで治りませんでした。寒い夜は、ばあちゃんの布団にもぐりこみ、温めてもらいます。

早寝早起き、暗いうちに起きて、父さんの出稼ぎ、八百屋の手伝いをします。リヤカーに野菜を満載して街まで売りに行くのです。花ちゃんは防寒具に身を包み父さんと出かけます。白い息を吐きながら急な坂道に差し掛かると、力いっぱいリヤカーの後押しをします。牛の乳しぼりもします。子どもは牛になめられ蹴られることもありました。搾った乳は集荷所に自転車で運びます。

学校に着くと小づかいさんが、だるまストーブに新聞紙を入れ、その上に木を重ね火をつけてくれます。

子供の広場でまりつきもしました。♪あんたがたどこさ、を初め幾つものまりつき歌がありました。雨の日はおはじきやお手玉を楽しみます。男の子はメンコやらベイゴマやビー玉遊びを群れて楽しんでいました。健兄ちゃんはやすりでベイゴマに磨きをかけます。強いコマにしあげ、勝負に勝つことが全てでした。

働き者の花ちゃんは内職をしてこづかいをためました。造花、スカーフの耳かがり、袋貼りなどなんでもしました。村には一軒の駄菓子屋がありました。ここでぬり絵やリリアンなど買うのです。

タマというブチの猫も家族の一員でした。健兄ちゃんが汁かけ猫マンマをあげます。ネズミ捕りの名人で、ゲットすると必ず見せにきます。「とったかとったか」と褒めてあげると嬉しそうです。ねずちゃんをじゃれまわし、最後に食べます。

兎は、よく子を産んでくれます。餌取りは花ちゃんの仕事でした。花の好きな母さんは四季折々に咲く花々をたいそう慈しんでおりました。中でも鷺草は自慢の花です。つがいで咲くまっ白い可愛い花はまるで本物の鷺が飛んでいるように美しく見えました。

春先、原っぱには、つくしん坊やが沢山顔を出します。そしてシロツメクサや、レンゲの花がいっぱい咲きます。花ちゃんはピンク色のねじ花が好きでした。

果樹の好きな父さんは、家の周り中に実の成る木を植えました。ゆすら梅の赤い実が熟れるころが楽しみでした。イチジクの実は小鳥がついばみます。桃やナシ、クルミの木もありました。秋には柿の実がたくさん取れます。いが栗は足で踏んで実を取り出します。

母さんは家族の腹を満たすため頑張りました。でも食べものが乏しく、いつも粗末な食事でした。麦ばっかりのご飯、おっきりこみ、代用食。なんでも食べなければ、ひもじくなるだけでした。

花ちゃんは灰の中で焼く、ばあちゃんの「紫蘇入りタンサンやきもち」が大好きでした。

花ちゃんの病い

十歳の時、花ちゃんは風邪をこじらせて、重い頭の病にかかりました。一週間も高熱が続きました。そして眠り続ける女の子になってしまったのです。いつ目覚めるともしれない花ちゃん。お医者さんからは「脊髄にバイ菌が入って脳がやられ、見込みはない」との診断。両親の悲しみは極限でした。元気だった七五三のころの写真を枕元に飾り、毎日呼びかけ、お話をしていました。

寂しくないようにと猫と犬のぬいぐるみも枕元に置かれていました。花ちゃんの寝どこには母さん手作りの、可愛いお人形さんも黙ってお伴をしておりました。しかし反応は見られず、時々瞬きする事が関の山でした。髄膜脳炎の後遺症はあまりにも絶望的でした。チューブでがんじがらめにされた娘の姿は見るに忍びないものがありました。無念で不憫でなりませんでした。命は助かったもののどうする事も出来ません。ばあちゃんはお天とうさんに、手を合わせて祈りました。ご先祖様にもお祈りを欠かしませんでした。

眠る女　花ちゃんの復活

それから長い年月がたちました。花ちゃんの守護神だったばあちゃんは老衰で天国へ召されました。両親は年をとり、この子を残して死ねないと嘆き悲しむ日々でした。

ある晩の事です。母さんは、花ちゃんがよみがえる夢を見、うなされ目が覚めました。翌日、丑みつ時、両親の前に大王様が現れ、お告げがありました。奇跡が起こったのです。花ちゃんは眠りから目覚め、復活したのです。アンビリバボー、あり得ないことが、現実となりました。花ちゃんの手足は不自由ではありますが、花ちゃんは少し意識が戻ったのです。頭脳が甦ったのです。言葉はまだはっきりしませんが、両親の呼びかけに反応し、黒い瞳を潤ませていました。両親は嬉しさのあまり、飛びあがって喜びました。

あれからすでに二昔以上の時間が流れていました。花ちゃんは眠り姫から、眠る中年の女になっていました。

突然悲劇が訪れました。哀しいかなお父さんは、ぽっくり病で亡くなってしまいました。間もなくお母さんも後を追うようにこの世を去りました。哀しみを十分表現できない花ちゃんですが、心が張り裂けそうでした。でも眠り病のため、すぐにうつらうつらと寝てしまうのでした。


それからです。花ちゃんの本当の人生が始まったのは。病に疲れた顔を見つめながら、つやのない髪の毛を鏡に映し、想いを巡らすのでした。「一体私はどうなっているの……」「死んだ方が良かった」「なぜなぜ」と言う質問に自分でも答えの出せない一人ぼっちの花ちゃんでした。枕が涙で濡れました。

親の事を想い出すとただ哀しいだけでした。でも生きる道を与えたもうた神に感謝し祈るのでした。眠り病は完全に治りませんが、目覚めている時が多くなりました。リハビリ訓練を受け、少しずつ機能が回復し始めました。健兄チャンは苦学してT大を卒業。その後、製薬会社に勤務。家を出て都会で暮らしているとの事でした。

車いすに乗せてもらい散歩もできるようになった花ちゃん。転倒防止のため頭にはヘルメットをかぶせてもらいました。見舞に来た健兄ちゃんが、車いすを押してくれました。闇の世界にいた花ちゃん、天井しか見たことのない花ちゃん、この世の全てのものが新鮮でした。言葉では言えませんが、幼いころの記憶は夢の様に頭の片隅に残っています。

さんさんと降り注ぐ太陽の光の眩しい事、おもわずよだれと共に「アーアー　ワー」と喜びの声をあげました。緑の芝生の美しさは目に沁み、胸に広がりました。青い空を抱きしめたくなりました。玄関には南国のハイビスカスの赤や黄色の鮮やかな花が元気良く咲いています。心がうきうきしてたまりませんでした。興奮しすぎて、昼食がすむとそのまま、いびきをかいて、寝込んでしまいました。

花ちゃんの世界は広がって行きました。今日は初めて病院の外に出られる日です。眠たい病もどこかへ飛んで行きそうでした。左手が大分使えるようになり二重の喜びでした。

一歩外へ出れば車の洪水でした。その多さに目を丸くしました。昔は村にたった一台のオート三輪車があっただけです。不思議で頭がくらくらしました。牛の引く荷車は何処へ消えていったのでしょう。

外の社会はあまりにも刺激が強くて、花ちゃんは耐えられず眠ってしまいもうろうとなり、その日の記憶が飛んでしまいました。

ある日、花ちゃんは検査のため、大きい病院に行く事になりました。脳の奇跡を解明するための検査です。車いすは少しならこげるようになっていました。外国にでも来たような気分でした。見る物すべてが理解に苦しみました。時代は変わり全く別世界でした。

「開けゴマ」ともいわないでドアーが開くのです。ボタン一つでエレベーターが自分を運んでくれました。何しろ人々は毎日気ぜわしく動き回り休む間もないようです。みんなパソコンと言う機械とにらめっこしています。

初めて見る光景になにがなにやらわかりません。施設の外の世界の広さに呆然とする花ちゃんでした。

トイレに入りました。スイッチも入れてないのに、自然に電気がつきました。水洗のトイレは勝手に水が流れました。田舎者の自分がさらに愚か者に思えました。昔のジャッポントイレは幻だったのでしょうか。浦島太郎さんのようでした。

帰りがけに、おもちゃ屋さんが目にとまりました。不思議の国のアリスみたいでした。おしゃべりをする人形がいました。とても気に入りお友達になりたいと思いました。

花ちゃんは少しずつ勉強を始めました。「あいうえお」の書き方からはじめました。口で絵を描く星野さんという画家の事を看護婦さんにきき、その気になったのです。目標が出来ました。面会に来た健兄ちゃんも褒めてくれました。

左手で文字が少し書けるようになると、言葉も徐々に出てきました。何年かかってもいい、頑張ろうと、かすかな希望に胸を躍らせました。

歌の好きだった昔が、かすかな記憶の中に浮かびました。「赤い靴はいてた女の子——」「夕焼け小焼けで日が暮れて——」と心の中で歌いました。急に懐かしさがこみ上げてきました。小さい頃の生活を想い出したのです。眠気も去り行き、さめざめと哀しくなりました。自分の今と将来、そして現代の世の中に溺れてしまいそうに思えるのでした。何も出来ず、人のお世話になり今がある事に感謝ですが、そんな自分が心細く寂しく思えるのでした。花ちゃんにとっては小さい時の思い出が支えでした。

世の中は超特急で流れて行きます。

「見えないものでもあるんだよ・見えなくてもあるんだよ」と自分に言い聞かせ、眠りにつきました。

便利な時代は人間や自然を本当に幸せにするのでしょうか？

花ちゃんには分かりませんでした。


健兄ちゃんは、結婚し家庭を持ったとのこと。実家は荒れ果て放置されています。昔の面影はないようです。自分はいつか何とか自立できるだろうか、このまま死にたくはありませんでした。病気でさえなければ山登りや旅行にも行けたのに、仕方ありません。

愛も恋も関係ない人生は、味気なく無味乾燥そのものです。兄ちゃんの足手まといにもなりかねない自分がうとましく思え滅入る事もありませんでした。現実を見つめて一歩一歩暮らす以外に生きる道はありませんでした。

「メーリークリスマス！」

元気な声で、健兄ちゃんがプレゼントを持ってきました。贈り物はリハビリを兼ねて楽しめる「ミニキーボード」でした。おもちゃの様にかわいい楽器でした。花ちゃんは万歳をして喜びました。ずっと前から欲しかったキーボードです。

「兄ちゃん有り難う」しどろもどろですが言葉で感謝の気持ちを伝えました。

また一つ夢が増えました。まず「お手てつないで」の歌を左手の人差し指一本で探り弾きです。毎日タッチ練習の成果が上がり、なんとか曲らしく弾けるようになりました。次はどんな曲がいいかなーと迷いつつ「キラキラ星」に決めました。

花ちゃんの夢はいつか可愛いお話を作り絵本にすることでした。病院で暮らす小さい子供達に読んでやりたいと考えていました。歌だって歌えるかもしれないとひそかに思う花ちゃんでした。もう「赤い靴」の曲も弾けます。

その後の花ちゃん　出会い

ある晩のことです。救急車のけたたましいサイレンの音で目が覚めました。若い男の子が運ばれてきたらしいとのこと。

噂ではマンションの五階から飛び降り自殺したようだ……との話。どんな事情があったのか分かりませんが、可哀想でなりませんでした。どうか命だけは助かりますようにと、手を合わせる花ちゃんでした。

その事件の事などすっかり忘れかけていたある日の事です。花ちゃんの病室に、若者が、やってきました。つきそいのお母さんが、花ちゃんに挨拶をしました。若者は、何とあの晩、救急車で運ばれた彼だったのです。ビックリしました。またもや奇跡。信じられませんでした。神様は若い彼を見捨てずに、御助けになられたのです。

「あなたは生きて、この世の役目を果たしなさい」

と審判されたのです。

大手術の後、早、半年以上過ぎていました。これから本格的なリハビリとのこと。若者は思ったより元気の様子、時々好きなパソコンを開いています。同室のよしみでいつの間にか、花ちゃんは若者と心が通い、交流が楽しみになりました。好奇心でパソコンを覗かせてもらいながら、自分も新しい世界を知りたい要求が芽生えました。

そんなある日、思い切って若者にお願いをしました。

「インターネット教えていただけませんか！」

若者は不自由な体にめげず、精一杯生きている花ちゃんを見ていましたので、すぐに「いいですよー」とオーケーの返事をくれました。

半分あきらめかけていた花ちゃんはビックリして「本当ですかー」と思わず大きな声で確かめてしまいました。

文字も大分読めるし後はパソコンの操作を習えば何とか検索が出来ます。

若者は事故後人間が変わったように優しくなっていました。人生に失望した事、悩んで自殺を図り、死にきれず今ここに居るそのこと自体に感謝出来る気持ちになっていました。諦めの境地でもありました。

「自分に分かることは、教えますから何でも聞いて下さい」

と重ねて優しい言葉をかけてくれました。花ちゃんは年齢差を超えて、彼に、ほのかな温かいものを感じました。一緒にいると楽園にいるような安らぎを覚えました。もしかしたらこれが恋というものなのでしょうか。考えてもいませんでした。花ちゃんは、はやるその気持ちを抑えてごく平静に振舞いました。それでも彼への思慕はふつふつと泉のようにわき上がり、つのりゆくのでした。

学びは喜びでもありました。考えていたより機械の操作は難しくありませんでした。でも借り物ですから、とても気を遣いました。行き詰った時は、すぐに援助してくれます。ですから安心でした。

ニュースを始め、ユーチューブの動画、音楽、知りたいことがなんでも解りそうで、気持ちが高ぶりました。パソコンはまるで魔法使いの様な機械です。なんという世界がこの世にはあるものかとマカ不思議でありました。

ある日こっそり検索をしました。「カブトムシ・ユーチューブ」と入力しエンターキイを押すと、ジャカジャと画面が現れました。そこでカブトムシを選択しました。タイトルは「夏の恋」、見た事もないかぶと虫の世界が映し出されました。メスはブルーベリーに吸いつき御食事の真最中。そこへ、大型で元気のいいオスがやってきました。すぐにメスに迫り背中に乗り交尾をしようと躍起になっています。するとそこへ別のオスが現れ、メスの取り合いです。相手を追い払い、あわててメスに挑戦するカブトムシ。メスは「我関せず」で夢中でブルーベリーに吸いついています。しかし油断大敵、強引にオスに合体されてしまいました。「ひと夏の命がけの恋」です。メスの役目は只一つ子孫を残す事です。どこか人間社会と似ている虫たちに、愛おしさを覚えました。けなげに生きるカブトムシ、生きるエネルギーに感動しました。そして面白くて時間のたつのを忘れてしまいました。このような世界を垣間見られたのも若者との出会いがあったからです。

「人生は運と出会い」かもしれないと思うこのごろの花ちゃんです。世界旅行に行かなくても、世界の事が見られるなんて素晴らしいではありませんか。生きてさえいれば楽しいことがあるものだと嬉しくなりました。

音楽を聴いたり映画など見るには自分のパソコンがないと無理です。それは夢の夢でありましたが、一時でもネットのできる幸せに感謝しました。

別れ

大輪のひまわりは燃えめぐり、夏がやってきました。林の蟬はうなるように鳴いています。一週間の命です。何とか子孫を残さねばなりません。それが使命なのです。温暖化の影響か、各地に激しい雨が降り、災害が起きています。

憧れの王子様は一年後に退院して行きました。胸が苦しくて辛くて、涙も出ない程でした。そして生きていることの意味が分かりませんでした。「さようなら」の言えない花ちゃんでした。
ためらいながら「お元気で」と、別れの言葉を交わすのが、精一杯でした。彼は「有り難う」と言葉を返してくれました。

彼の将来を見守ってあげられたら幸せであろうに何も出来ないのです。夢から覚めたような花ちゃんでした。
「眠れる森の美女だったらなー」と思うのでした。でも花ちゃんの胸の中には優しかった若者の思い出がしっかりと焼き付いていました。男らしいバスの響く声まで耳に残っています。それらは宝もののように思えるのでした。生きる支えでもありました。優しかった彼の事を想い出すと胸のあたりがキュンとなります。

打ち上げ花火が上がり、夏祭りの太鼓の音がとどろいています。誰の人生にもあの花火の様な一瞬の輝きがあるに違いないと思いました。

病院の防犯カメラの上にツバメが巣をつくりました。親鳥は一生懸命餌を運んでいます。雛たちの元気なさえずりが、辛い想いを癒してくれました。日暮れ時、蟬しぐれがとても賑やかです。間もなく御盆様、真っ赤に色付いた、赤く燃えさかる炎が、濃い緑の葉っぱに埋もれ、じっとしています。綿の木に初めて淡いピンク色の花が咲きました。

夢は何時か叶うもの。あきらめず「何とか一人で暮らせる日まで、あの若者の様に頑張って自立の道を歩みたい」と心に固く誓う花ちゃんでした。

ニャンディ物語

ポールはやさしいオス猫でした。骨格はがっしり、模様は白に茶のはんてん猫。海のようなエメラルド色の目はパッチリで、スーっとした鼻すじには気品が漂っていました。高貴な感じさえしました。どこか外国人風でしたので、ショパンの好きな子供がその母国から名前をとりポールと名付けたのです。抱っこが大好きでした。頭をなでると目をつむりゴロゴロとのどを鳴らします。甘える時はお腹を見せて転げます。ポールは捨て猫のニャンディをいつも我が子のように可愛がっていました。ニャンディは優しくされると嬉しくて仕方ありませんでした。涙が出そうになります。人間にいじめられカラスに狙われ、今にも死にそうなこのメスの黒猫。子供に拾われて、命拾いしたのです。ニャンディと言う名前をつけてもらい居候しておりました。虐待を受けた子猫の傷は深く、人間は恐いものだという感覚が抜けず臆病になっていました。人に触られそうになると身をすくめすぐに逃げてしまいます。触ることもできませんでした。しかし、ポールにだけは心を許しておりました。ポールはニャンディをペロペロとなめまわし、毛づくろいをしてもらいます。ニャンディは甘えて嬉しそうにミューミューと小さな声を出して喜びます。一緒にご飯を食べます。まるくなって寄りそって寝ている姿はとてもほほえましく、ポールは頼もしい父親そのものでした。いじめっ子が来るとニャンディはポールにしがみついてしまうのでした。ポールは逞しい背中を丸め毛を逆立て尻尾を振りながらいつも意地悪猫を追い払い、助けてくれました。幸せな暮らしはいつまでも続きませんでした。

ある日突然ポールはこの世から消えてしまったのです。享年十四でした。恐ろしいエイズに感染していたのです。胸が痛みました。ニャンディは哀しみました。一人ぼっちになってしまったのです。寂しくていつの間にか真珠のような涙が、ポロポロこぼれるのでした。孤独と言うものをしみじみと味わいました。

お隣りにマロンちゃんという毛のふさふさした可愛いブチの子猫がやってきました。子猫なのに大きな黒猫ニャンディを、馬鹿にして飛びかかってきます。がニャンディは相手にしませんでした。「ニャーんだちびすけ、ニャニか用かい」一言つぶやくだけでした。マロンちゃんは優越感にルンルン気分です。マロンちゃんは茂みの中に入り込みバッタを捕まえます。原っぱではトンボを追いかけまわり遊びます。トカゲやモグラをゲットするとくわえて見せに来ます。とても誇らしそうにじゃれ回り大はしゃぎです。小鳥を狙うときはお尻をモゾモゾさせて様子を見、一気に飛びかかります。タイやヒラメなどおいしい物三昧のマロンちゃんは、見る見るうちに太り、デブリンコになりました。それでも屋根や高い木に登ることが大好きでした。人生を謳歌し、女王様の様な暮らしをしています。クックックおじさんはいつもとろけそうな声で「マローンちゃーん」と呼んでいます。如何にも幸せそうに見えました。

ニャンディは本を読むのさえ億劫になりました。小鳥のさえずりも耳に入らず、コオロギが目の前に来ても驚かなくなっていました。綺麗な花が咲いても嬉しくありませんでした。「いつまでもこんな暮らしは御免だ」と少しずつ思い始めました。「そうだ何かしなくっちゃ」町が夕闇に包まれ、空に輝くお星様を眺めていると、優しかったポール父さんの事が想い出され、胸がいっぱいになるのでした。「自分の生きがいは何だろう」ニャンディは色々考えました。山登りは足が弱いから無理だと思いました。「人生は挑戦だ、何でもやってみよう」そう心に決めたニャンディはまず、水泳を習ってみました。風呂しか入ったことのないニャンディでしたから水の中で目を開ける事さえ大変でした。でも繰り返し練習しているといつの間にか平泳ぎやクロールができるようになりました。もちろん「猫かき」だってできますよ。「気持ちがいいなー泳ぐって！　楽しいことはいいことだ。私だってやればできる」と自信がつきました。

次はスケートに挑戦です。小さな子がスイスイ滑っていました。がニャンディは尻もちをつくばかりでした。リンクの手すり磨きをするのが精いっぱい。スケート靴のとがったピカピカの長い刃が恐くて仕方なかったのです。スケートは三日坊主に終わりました。次はスキーです。雪の山がニャンディを呼んでいました。でも重いスキー靴が足に合わず痛くて仕方ありませんでした。直滑降で滑った時、勢いづいて止まらなくなり、大声で叫びました。気がついたときは大きな木に激突して動けなくなりました。足がくじけてしまったのです。散々な思いをしました。やっぱりニャンディはスポーツ音痴だったのです。それでもこりず若い時に習ったフォークダンスの会に入りました。が踊り続けると翌日足が痛くて歩けないのでした。残念ですが諦めました。「ラジオ体操しか出来やしない」とニャンディは独りごとをこぼしました。

ど根性のニャンディは太鼓に惹かれました。汗だくになり「どんこどんどん」と太鼓を打ちました。手にマメができました。汗がぽたぽた落ちて目に入ります。ヘロヘロになります。でもとてもさわやかでした。心の臓まで太鼓の音が響きました。しかし激しい運動なので肩コリがひどくなり長続きしませんでした。諦めの早いニャンディですが、魂を震わせる鬼太鼓座(おんでこ)の演奏会にはよく出かけました。人生楽しい事ばかりではありませんでした。凶暴なノラに攻撃され耳を引きちぎられそうになったこともあります。寒さには意外と強いニャンディでしたが、夏の暑さには閉口でした。飲まず食わず五日間。夏バテで死にかけたこともあります。今はそれなりに満足して暮らしております。

子供の頃のニャンディは音楽の時間が嫌いでした。音が苦でした。なぜかというと先生が「テストします。前に出て歌いなさい」と命令するから。ドキドキして倒れそうで声が震え最後まで歌えませんでした。いまにも倒れそうになり、恥ずかしさで「このまま死んでしまいたい」と思うほどでした。でもお母さんのお腹で聴いた「にゃんコロリン子守歌」や「猫ふんじゃったの歌」は大好きでした。そうだ音を楽しまなくっちゃ。ピアノが弾けたら楽しいに違いない。でもいくら練習しても上達せずまるで亀のようでした。音楽は聴くのが一番。やっぱりショパンだねと納得しました。ヴァイオリンの音色も泣きたくなるほど好きです。もう自分の限界を感じていたニャンディは聴くだけで心が満たされました。童謡や唱歌はもちろんのこと、ショパンはじめ、ヴァイオリンコンチェルトやブラームスの弦楽六重奏もお気に入りです。コンサートに頻繁に出かけ楽しんでいます。レクイエム等難しい曲はすぐに眠くなるので困りました。先日聴いた中国の琵琶の響きには魂をゆすぶられました。天女のようにかきならすハンガリー舞曲の琵琶の音色は素晴らしく、鳥肌がたちました。音楽は慰め、そして生きる力を与えてくれます。音楽は偉大だと感じました。

そんなある日、巨大地震が起きました。大地はうねり大津波が襲いかかりました。学校も会社も工場も飲み込まれ、沢山の仲間が亡くなりました。そして福島原発から、悪魔の放射能が放出されたのです。国中がパニックになりました。幸いニャンディは無事でしたが友達の親戚の方が全滅しました。慰めようもなく途方に暮れました。数十万の方々が避難生活を余儀なくされました。心の傷は胸の奥深く沈み永遠に消え去ることはないでしょう。五年経った今でも爪痕が沢山残っています。

ニャンディは昔手に入れたオカリナを吹いてみました。不思議な笛の音はニャンディの心にしみました。哀しみを癒すのはこの土笛だ。その日からニャンディは一生懸命練習に励みました。そしてなんとか「アメージング・グレース」が吹けるようになったのです。精一杯演奏すれば相手の心に届く事を信じていました。人の前にたつ事が大嫌いのニャンディでしたが、拍手をもらうと、とても嬉しくなりました。そして吹く事が気持ちよくさえ感じられたのです。若い時のようにいい声は出ませんが、時々歌も歌うようになりました。「オペラみたいだね」なんて言われるとくすぐったくなりました。

♪　赤い目玉のサソリ　広げたわしの翼　……

歌い始めるとそこはもう賢治の世界です。

ある日の事、いつもの音楽練習会場に行くと、三毛猫で黒い目の柔かい素敵な声をしたシャネルさんに出会いました。その時、ビビビと体に電流が走り、視線が合いました。彼はニャンディのオカリナをいつもほめてくれました。ニャンディは新米のシャネルさんに「勇者は帰る・勝利の曲」を紹介しました。

春、バラの花咲く公園で甘い香りに包まれて、ワクワクしながら百万本のバラの歌を歌いました。シャネルさんと過ごす、至福の一時でした。

夏、燃えさかるひまわり畑で、胸ときめかせ愛の讃歌を奏でました。

シャネルさんは黙って聞いてくれました。「ゴロギャーオ　オオーン」と吠えるように鳴くオス猫。狂ったような声。そのどんな誘いにも心を許さなかったニャンディでした。しかし今は違います。運命の扉は開かれたのです。心は花火のようでもありました。恋に落ちたのです。秋、十五夜お月様がお空にポッカリ。曼珠沙華咲く巾着田。ハラハラと散る真っ赤なもみじ、黄金色のイチョウの葉はじゅうたんをしきつめたようでした。二人並んで歩きました。柔かい日差しに心も温かく幸せな気持ちでした。

冬がやってきました。一面の雪の原。シャネルさんは黙ってどこか遠いところへ行ってしまったのです。「好きです」とも言えなかったニャンディイ。手をつなぐこともなく去って行った彼。また一人になってしまったニャンディィ。涙はとめどなく流れ、雪を溶かしました。懐かしいメールの数々をながめながら、ニャンディィはさめざめと泣きました。胸をつまらせながら、チャイコフスキーのエレジーを歌いました。

愛の終わりは大変切ないものでした。でもニャンディィはさらに逞しく成長し立ちあがったのです。自分には歌がある。命ある限り歌と共に生きよう。歌は慰め、もうニャンディィは泣きませんでした。

一度しかない人生、何よりも自分を大切に生きたいと思ったのです。福寿草が黄金色の花を咲かせています。雪間から十二単衣のような衣をまとい、蕗のとうが芽を出してきました。もうすぐ春がやって来るのです。ヒーリングオカリナが心を癒してくれました。可愛い子猫や高齢猫に私の歌を届けよう。希望に燃えてニャンディは歩み始めたのです。ニャンディの瞳はますます輝きを増し、まるで三日月のようでした。舞台が好きになったニャンディは、笑顔で心を奏で届ける事が、生きがいになりました。もう十八歳（人間の古希）になっていたのです。物忘れもあるし、歯も弱り抜けました。そして、ますます背中も丸くなり猫らしくなりました。物騒な時代です。何があるか分かりません。いじめにも合いました。その時は辛かったけれど耐えてきました。ニャンディは心を分かち合う仲間が居る幸せをかみしめ、とても元気でした。そそっかしいのが玉にキズ。おっちょこちょいのニャンディは今朝もアジの骨をのどに引っかけそうになりました。

ニャンディは今日も朝早くから出かけて行きます。ホームのボランティアです。ポタミアンさんはニャンディよりずっと年上でした。とてもダンディです。長い尻尾にグレーのシマ縞模様、ノッポでスリムな体をしています。若い頃は世界を駆けまわっていたようです。いつも優しくリードしてくれます。ホームには沢山の待っていてくれる方々がいるのです。「元気を有り難う。また来てね。涙が出そう」と励ましてくれる沢山の方々。手のぬくもりが好きでした。繋がり生きる事の喜び。それはどんな宝物よりも貴いものでした。

ニャンディは遊んでばかりでいたわけではありません。十年も会社で働き続けたのです。ですから今は何とか暮らして行けます。向こう三軒両隣、みな優しく親切な方ばかりでした。クッククおじさんは野菜やお菓子そしてお料理までも良く差し入れしてくれます。

ニャンディはすっかり歳をとりました。が、まだまだ勉強しなければなりません。学びは楽しい事です。ニャンディには夢があります。藤城清治さんの切り絵のようなメルヘンチックな音楽を奏でられるようになる事。フジコ・ヘミングさんのピアノに合わせてオカリナを吹く事。そしてまだまだ「世界一周の船の旅」だって捨てたものじゃないと考えています。ニャンディは今日も歌います。

♪　あおき柳　小川流れ　うるわしき国　我がふるさと……
（「美しきわが故郷」朝鮮歌曲、パク・テヨン作詞）

ニャンディの歌声は、茜色の空に吸い込まれてゆきました。オカリナの調べは夕焼けに沈む富士の山の彼方に、流れて行きました。

ニャンディは今日一日のささやかな幸せに、手を合わせます。今は亡きポール父さんやシャネルさんの事を、忘れた日はありません。皆の幸せをまぶたに描き、感謝し祈りました。そして平和でありますように。

春の日差しを浴びながら長い旅を想い出すと、過ぎ行きし日々は、どれもみな愛おしくありました。どこからか「いのちの歌」が聞こえてきます。

♪　生きて行くことの意味　問いかけるそのたびに……

（「いのちの歌」Miyabi 作詞、村松崇継作曲）

夢中で野山を駆けまわった遠い日々、それらは昨日の事の様でもありました。そして今が一番だと思えるのでした。

一面の菜の花畑、ハナマル蜂がうなり声をあげ蜜を集めています。ストックの甘い香りも漂っています。山つつじの咲く季節が来たら、また福島に行くつもりです。ニャンディの首には赤いビロードの首輪が付いておりました。金の鈴が鳴りました。「リンロンリンロン」澄んでいて素敵な音でした。

（おしまい）

ツバメの冒険

わたしはツバメ、名前はツバサ。前世は仕事人間のサラリーマンでした。生まれ変わりツバメとなり、燕尾服一枚で自由に空を飛び回っています。若葉の季節には一日数千キロとび続ける日もあります。最高速度は時速二百キロ、宙がえりの達人。エサ取りの素早さには自信があります。月や太陽を目印に、南国からはるばる日本を目指しやってきます。海面すれすれにとび、時には漂流物を見つけ羽を休めます。長旅に耐えきれず病に倒れ海の藻屑と化す仲間もいます。ツバサくんは、えんえんと千里の旅を続け懐かしい国日本へやってきました。ラブラブの彼女の名前はメルちゃんです。眼のぱっちりした小柄で身軽なツバメです。新しいスタートの時、メルちゃんと結婚して新しい家族を築くのです。

ここは森や公園がまだ残っている多摩郊外、この町のかたすみに一人暮らしのおばあさんがいます。春を告げるツバメを心待ちにしています。

ご近所の軒下の巣は、ウンコが汚いという理由で壊されていました。ツバメは益鳥、縁起もいいので、ご主人は「段ボールをしいておけばいいじゃないか」といいましたが、奥様はおかまいなしでした。最近は次々にマンションが建ち並びビルばかり、土が少なくなり巣作りが大変になりました。田んぼや畑も消えてカエルの声も聞かれません。人間は害虫駆除や除草剤の薬で一気に消毒をするのでたまったものではありません。食糧難です。ツバメの仲間も激減し以前の三分の一になってしまいました。たくましいツバサくんとメルちゃんは夢と希望を抱き故郷の古巣に無事到着。

「今年も会えましたね」とニコニコのおばあさん。近所の子ども達も「ツバメだ　ツバメだ」といって大喜び。ツバサくんも挨拶を返します。

「よろしくお願いします。ピーヤ　ピヤピヤ　ピースピース」人間は「泥喰って虫喰って口汚い」なんて馬鹿にしますが、「レッツゴー　ファイトファイト　平和　平和」とさえずっているのです。さあメルちゃんと二人でマイホームの手直しです。雨上がりの道で泥をこね草を絡ませ何度も運びます。新築同様の愛の巣が完成しました。

ツバメは一日に数百匹もの虫をたべます。休んでいるひまはありません。何しろ五百回も餌運びをしなければなりません。梅雨期に入り虫たちの活動も盛んです。柿の葉の裏側にはカメムシがいます。臭いので丸のみにします。桜やカリンにいる毛虫も格好のえさになります。蚊やハエもフルスピードでゲットします。人間のように眼鏡をかけたり、コンタクトもないので神様からいただいた目が命です。

メルちゃんは毎日一個ずつ卵を産みました。もう五個になり巣の中は満員です。近所の野良猫がうろうろしています。油断は禁物です。卵を温めて五日目のことです。草むらからアオダイショウがするするとやってきました。

親ツバメのビックリしたこと！　ツバサくんはギャーと鬨（とき）の声をあげ急降下してヘビに迫りました。おばあさんはそれに気づき冷蔵庫からニワトリの卵をとりだしヘビにあげました。ヘビはその卵をつるつると飲み干し、殻だけ残して林の家に帰りました。メルちゃんもツバサくんもホッとしました。


メルちゃんが食事に行く時はツバサくんが卵を抱きあたためています。あと数週間もしたら卵がかえるのです。ひな鳥たちのことを思うと胸がわくわくしてくるのでした。家族との楽しい日々を想像しました。

人間の暮らしに詳しいツバサくん、前世のことをよく覚えています。ＩＴ中毒のことも知っています。歩きスマホや自転車スマホはとても危険です。事件続きの人間界困ったものです。文明は進化し続け、便利さの代償、物やお金の世の中が人間の心を蝕んでいるようです。家族が崩壊して幸せなのだろうか。卵をあたためながらいろいろなことを考えるのでした。

最初の卵がかえりました。男の子、名前はイッちゃん。かわいくて仕方ありませんでしたがよく見ると父親に似ていないのです。パパちゃんは別のツバメかもしれません。二コめの卵もかえりました。ニイちゃんと名付けました。ほわほわの産毛頭はつるつる、甘えん坊でした。ひな鳥は黄色い大きないくちばしを開けてエサのおねだり。アブは素早く渡さないと逃げられてしまいます。トンボが大好きでしたが羽が邪魔になり食べにくそうです。メルちゃんは合間を見てフンの掃除もします。

ある日おばあさんは屋根裏から落ちたスズメのひな鳥をかわいそうに思い、こっそりツバメの巣に入れました。食欲旺盛なひなは思い切り大きな口を開けて自己主張、親鳥は順番に餌を渡します。スズメのひなも餌をもらって大きくなりました。三番目のサンちゃんは女の子、誕生の喜びもつかの間、未熟児であっという間にお星さまになってしまいました。おばあさんは小さな亡きがらをクスノキの根元に葬りました。四番目のシイちゃんは、なぜか白いツバメでした。神様の使いかもしれません。末っ子のゴーちゃんはとてもやんちゃで、巣から身を乗り出しあわや危機一髪命を落とすところでした。

おばあさんは朝に夕に元気なひなを見て喜んでいましたが、白い羽のシイちゃんがあちこち体をつつき痒がっているではありませんか。体にダニが付き、血を吸われています。孫が心配そうにのぞき込んでいます。おばあさんはシイちゃんを隔離してピンセットでダニ退治です。だいぶ弱っていましたが、一命をとりとめて元気になりました。一カ月もするとみな立派な子ツバメに成長しました。昼寝をしたり、にぎやかにおしゃべりをしたり楽しそうです。あの子スズメはいつの間にかどこかへ飛んでいってしまいました。

ツバサくんとメルちゃんはひな鳥に飛び方を教え始めました。はばたきには勇気が必要です。イッちゃんが電線まで飛んで行きました。それを見ていたニイちゃんも木の枝まで飛んで行きました。こわがっていたシイちゃんも大空へ飛び立ちました。マルハナバチなどのえさの取り方も教わりました。どこまでも続く素晴らしい青い空、自分でとった虫の味は格別のようです。宙がえりの技はとても難しそうでした。ゴーちゃんが屋根の上でぼんやり景色を眺めていると、猫がとびかかってきました。素早く逃げ助かりました。親ツバメは命がけでひな鳥たちを見守りながら夜は外で過ごします。四羽のひなたちは電線にとまり勢揃い、カンナやダリアそしてひまわりの花も咲きそろい、真夏の太陽がじりじりと照り付けています。にぎやかな蟬しぐれが聞こえてきます。家族そろって近くの川に水浴びに行きました。楽しくて大はしゃぎのひな鳥たちです。山の彼方に入道雲がむくむくと湧き上がっています。

やがて嵐がやってきました。ひな鳥たちは愛の巣に身を寄せ合いじっと耐えています。そんな日はお母さんが自慢のふるさとの歌を聞かせてくれます。ツバサお父さんはいろいろの話をしてくれます。「新型コロナという疫病がはやり、全世界がパニックになっているらしい。人間がマスクをしているのは予防のためらしいぞ」「交通事故がゼロだった町もあるらしいぞ。今、人間社会ではいじめや虐待も大問題になっているようだ。お前たちみんな仲良く暮らすんだぞ！ それにこの頃は異常気象で水害や竜巻も多発、地球も病んでいるんだ。人間社会は生きにくいらしい。大変な時代だなー」と語りかけるお父さんでした。

子ツバメ達は目をパチクリし、ただ「チイチイ　ピピピ」と言うだけでした。

お母さんは詩を読んでくれました。

ジョロウグモ

「小雨けむる　静かな朝　サルスベリの大木の木陰

風に揺れるハンモック　幾何学模様のジョロウグモの巣
ちりばめられた無数の水晶
純白なレースはまるで花嫁のドレスか数珠玉か
曼陀羅の世界の真ん中にお釈迦様がいらっしゃるような
巨大な神秘的なあみ　羽もないのに宙を飛んで仕掛けを作るあなた
パソコンなしで作るなんて神業　神様の親戚か　それとも宇宙人か
夏草は見ていた　ムクゲやひまわりの花も見ていた
命がけの巣作りを　君はやっぱり天才だ
黄まだらのその小さな体に宇宙のすべてがある
やがて御殿は消えてしまった
生きるとはなんと残酷な事だろうか
それでもまた夢をあきらめず明日のために新たな居場所を探すのです」

皆黙って聞いていました。

いよいよ旅立ちの時がやってきました。葦の生い茂る河原に全員集合です。旅の説明会があるのです。あたたかい南の国への旅はどんな困難が待ち受けているかわかりません。でも優しい両親やおばあさんの愛情をたっぷり受けて育った子供達です。怖いものはありません。どんな試練にも立ち向かってゆく勇気と力がありました。あの白いツバメは銀色の翼を羽ばたかせています。ツバメたちの船出を祝うかのように、花火があがりました。祭りの笛や太鼓の音も聞こえてきます。

ツバメたちはおばあさんにお礼を言いました。「ピーヤ　ピヤピヤピース　ピース　レッツゴーゴー　サンキュー　グッバーイ」

おばあさんは、自分もツバメになって一緒に南の国へ行きたいくらいでした。子ども達も「元気でねー　さよーなら！」といいながら別れを惜しみました。おばあさんには肝臓病を患う友人がいました。その方は自宅をツバメに開放して沢山のツバメを受け入れかわいがっていました。するといつの間にか友人の病気は治って、元気になったという話を聞きました。ツバメは「幸せを運ぶ鳥」だったのです。

おばあさんはツバメたちに歌をプレゼントしました。

明日はお立ちか　おなごりおしや
ひな鳥よ　仕合せの国へ　巣立ちゆけ
大空目指し　高く飛びゆけ　達者でな
南の国へ　夢はこび行け　どこまでも
愛しき命守り　飛びゆけ　永遠に幸あれ

おばあさんの歌声は夏雲の彼方へ吸い込まれてゆきました。

ツバメがいなくなるとおばあさんは、また一人ぼっちになりました。その晩見た夢は、一家団らんの懐かしい光景でした。目が覚めるとさめざめと悲しくなり涙がポトポトこぼれました。幸せなのに哀しくてたまらなかったのです。涙の雫は乾いた心を潤してゆきました。どこからか素敵なチェロの音色が聞こえてきます。カタロニアの「鳥の歌」です。星の瞬く夜のしじまにこだましています。おおまつよいぐさの花がホワッと咲き、ほのかな甘い香りが漂ってきました。あなたも来世はツバメになりたいと思いませんか。

ババちゃんの　今昔ものがたり

今日はババちゃんの誕生日、お庭の真っ赤なバラの花をテーブルに飾りました。

雪の様な生クリームのついた大きなケーキ、真ん中にはチョコレートで素敵な「喜寿」の文字のデコレーション。かわいいイチゴもたくさんついています。

ババちゃんは太くて長い大きなローソク七本と、小さなローソク七本を用意しました。♪若き日は再びあらず……ババちゃんは鼻歌まじり夫さんの写真をケーキの隣にそっと置きました。ババちゃんは鼻歌まじり猫のミイヤと一緒に暮らしています。

「♪パンパカパーン　パパパ　パンパカパーン　只今よりババちゃんの誕生会を始めます」

一本めの大きいローソクを立て、マッチで火をつけました。

ローソクの灯りが揺らめきながらぼんやりとあたりをてらしています。ババちゃんが赤ちゃんだった頃、忌まわしい戦争がありました。父の兄弟二人の戦死。食べるものもなくどん底の生活。栄養失調でひ弱な赤ちゃん、お母さんのお乳が出ないのでヤギのお乳で育ちました。空襲警報が出されB29が飛んでくると、母は真っ先にババちゃんを抱いて防空壕に避難したとのこと。暑さの中、泣きわめくばかりだったと聞いています。東京から疎開してきた子供たちも我先にと避難します。

二本めの大きいローソクを立て、マッチで火をつけました。

ローソクのあたたかく柔らかい炎、長いぼんやりとした影ができました。懐かしい子供時代がよみがえります。田んぼにはタニシ、川にはドジョッコやフナッコ。カエルが鳴き、川辺には蛍もたくさん飛んでいました。大自然の中、素足で野山をかけまわり遊んでいました。太鼓をたたいて紙芝居屋さんがきました。水飴や鼈甲飴（べっこうあめ）をぺろぺろなめながら面白い物語をみました。村の地蔵広場でみんなで遊びました。鬼ごっこ・缶蹴り・石けり・なわとび・花いちもんめにままごと遊び。冬はお手玉・おはじき・塗り絵・まりつき・数珠玉つなぎ。納豆売りや赤い帽子のとうがらし売りも来ました。夏にはアイスキャンディ屋さんが鐘をならしてやってきます。勉強は二の次でした。大切なのは家の手伝い、草取りやうどん作り、掃除やお使い。居間も土間も納屋も二階もお蚕様。家族七人川の字になって寝ていました。

　小学生の時、毛じらみ退治のためにバリカンで髪の毛をかり上げ、ＤＤＴの白い粉をかけられたこともあります。給食の粉ミルクが飲めず、四苦八苦。下痢を起こすため大嫌いでした。クジラの肉も呑み込めませんでした。すえたご飯は水でさらしネバネバをとりみんな食べました。一粒でも無駄にすると目がつぶれるといわれました。井戸水で冷やしたトマトの味は格別でした。

その頃はパソコンはもちろん、テレビも電話も冷蔵庫も掃除機もありませんでした。かまどでご飯を炊き五右衛門風呂に入っていました。雷さんがやってくると、おへそをおさえながら蚊帳の中に逃げ込んだものです。

子供時代の思い出は今の自分を支えてくれるような気がします。

三本めの大きいローソクを立て、マッチで火をつけました。最初のローソクはだんだんに小さくなって消えて行きました。

中学生になっても、内気で目立たない女の子。ドッジボールも苦手で逃げ回っていました。音楽は一人で歌わされるのでとても苦痛で震えていました。のみの心臓が飛び出しそうに高鳴るのでした。人前に出ることが怖くて死んでしまいたいほどでした。そんな自分が大嫌いで、親にも話せず一人もんもんと悩み苦しんでいた時代でした。

高校に入り哲学の話が好きになりました。「人はなぜ生きるか」カント・サルトル・デカルト、実存主義。わけのわからないことを勉強しました。コーラス同好会の八重先生に出会いロシア民謡のとりこに！　今でも懐かしい「♪エルベ河」の歌。アコーディオンの音色が心にしみます。歌は人生の支えとなりました。

四本めの大きいローソクを立て、マッチで火をつけました。長いローソクの炎が燃え始めました。新しいスタート、いよいよ独り立ちの時がやってきたのです。希望に燃えて東京へ。でもすぐ会社勤めに失望して新たな人生を選びました。こっそり夜逃げして保育士の道へ。自分のように「内向的な子供の魂を抱きしめてあげたい」と決心したのです。住み込みで朝から晩まで働きました。子供たちと過ごす毎日が発見と喜びの日々でした。

青春の真っただ中、やりたいことばかりでした。無鉄砲な日々深夜帰宅。門限に間に合わずガラス戸の割れている窓から忍び込んだこともあります。

失恋もしました。新たな彼との出会い。誠実な人柄に惹かれたのです。結婚式は百人の仲間と共に！　♪幸せはみんなの願い仕事はとっても苦しいが流れる汗に未来を込めて……（「しあわせの歌」石原健治作詞、木下航二作曲）　友人達が泊まり込みでお料理を用意して祝ってくれたのです。「野の花を君に捧げて愛を知る」六畳一間のアパート暮らし。

五本めの大きいローソクを立て、マッチで火をつけました。

感動の長女誕生。自分を選んで生まれてきてくれた愛しい我が子。とても幸せな気分でした。指もちゃんとついている。お尻の穴も開いている。母が産湯につけてくれました。父親似の赤ちゃん、年子で生まれた次女、ワカメのように真っ黒な髪の赤ちゃん。出産後出血多量のため震えが止まりませんでした。布おむつを百枚も洗う日々でした。末は博士か大臣か。はたまた絵かきか、詩人かも。子供の将来を楽しみに無我夢中でした。高度成長の真っただ中、企業戦士の夫は、過労死するほど働きました。ババちゃんは妻・母・保育士と三足のわらじを履いて懸命に頑張りました。子供のけがや病気が一番切なく思われました。気が付いたらあれから半世紀がたってしまいました。

六本めの大きいローソクを立て、マッチで火をつけました。多忙な日々が走馬灯のようによみがえります。子供たちと過ごした四十年の歳月。リズム遊び・荒馬踊り・わらべ歌、キラキラ輝いていた瞳。遠足に卒園式、トイレから出てくる私を待っていた龍ちゃん「好きだよ！　先生結婚しよう」「ありがとう」思わず抱きあげ頬ずりしました。吊り輪から落ちショックで意識をなくし倒れ込んだ俊ちゃん。救急車！　辛い事故の時にはもうこの仕事はやめようと逃げ出したくなるのでした。「会いたいなー」今頃どうしているだろうか。

良き人々との出会いと別れ、すべて人生の宝物です。生まれ変わってもまたこの仕事につきたいと思いました。

退職の日には温かいメッセージや花束を戴き感無量。働き終えた満足感で心がいっぱいになりました。娘たちはあっという間に巣立ってゆきました。家族や皆さんに支えられて今があるのです。

七本めの大きいローソクを立て、マッチで火をつけました。

六本めのローソクも間もなく燃え尽きるころです。時の流れの速さに驚くババちゃん。

父は七十三歳で他界、母は九十一歳。竹馬の友もいなくなってしまいました。人生を共に歩んできた夫は肺癌であっけなく逝ってしまいした。ババちゃんは、月の砂漠をとぼとぼと一人でどこまでも歩み続けています。

長女は病に倒れ、生死の間をさまよいました。病は無理な生き方を問いにやってきたのかもしれません。「自分より早く死なせてなるものか」と命がけの看病。祈りが通じ奇跡的に助かりました。人々のあたたかさ、支えあい信じることの大切さ沢山のことを学びました。「病は気から」という昔の人の言葉も身にみました。次女は自分の道を歩き始めました。運動大好きの孫は十歳になりました。

思えば縄文時代のような暮らしから令和まで、進化の速さに目を見張る日々。ＡＩに飲み込まれそうになる時代。お金がすべての経済中心の考え方に戸惑うばかりです。毎日のように痛ましい事件が発生。生きにくい世の中、人間の心が病んでいるのでしょう。寂しいこの時代。なぜ、なぜと問うてみても始まりません。災害も多発しています。一つしかない地球の未来も不安です。揺れ動く世界、平和な時代でありますように願わずにはいられませんでした。

五十の手習いでオカリナを学び今では施設のボランティア。沢山の方々がババちゃんを待っていてくれます。先輩との交流は人生を豊かにしてくれます。好きな事をして役に立つなんて嬉しい限りです。人に喜んでもらえることは何よりの歓びでした。

それにしても老いが静かに忍び寄ってきました。ババちゃんの目はかすみ歯は弱り気力もなえてきました。背中が丸くなり体は壊れ始めました。

振り返れば、好きな仕事ができ、好きな人と暮らし有難い人生でした。そして今でも歌いながら自由に人生を謳歌させていただき、感謝の一言です。

ババちゃんは大きなケーキを眺めながら口笛を吹きました。

♪たんたん　たんたん誕生日　私の私の誕生日
たんたん　たんたん誕生日　あなたが私におめでとう♪

気が付くと最後の大きいローソクも残りわずかです。

ババちゃんは待ちきれなくなってイチゴを一粒パクリンコ。そして喜寿の文字をペロリンコと食べてしまいました。


それから小さな七本のローソクに一度に火をともしました。あたりは肌寒い風がとおりすぎススキの穂がなびいています。秋の深まり、鳴いていた虫たちもみんなどこかへ消えてゆきました。まもなく冬の季節が来るのです。ババちゃんは「ハハハハハ　ハックショーン」とすごいくしゃみをしました。気がつくと小さな七本のろうそくはみんな消えてあたりはまっくら！　猫のミイヤは座布団の上で丸くなっています。思い出の写真が微笑みかけています。ババちゃんは気づきました。私は一人ではない。

カーテンを開けると秋の月がこうこうと輝いていました。薄明かりが差し込んで長い影を作っています。ババちゃんは夫さんの写真に手を合わせました。「生れてきてよかった　あなたと出会えてよかった　生きてきてよかった」ワイングラスを両手に大きい声で「乾杯」しました。

ケーキを食べながらほろ酔い気分で「海の歌」を歌いました。

人生は　悲哀の海だ
涙の海を　泳いで渡る
あきらめず
浜辺にたどり着いたなら

砂に書こうよ　愛の文字
愛あるところに　光は満ちて

人生は　出会いの海だ
別れの後には　新たな出会い
あきらめず
人の世の　荒波こえて
思い出の中に　愛の言葉
愛あるところに　希望は満ちて

「人生の主人公は自分、きっと大丈夫。何とかなる。ピンチの時は耐えてゆこう。必ずチャンスがやってくる」そう信じるババちゃんでした。

解説　生きるものたちに「永遠の愛」を想起させる人

堀田京子詩文集『おぼえていますか』に寄せて

鈴木比佐雄

1

堀田京子氏の詩文集『おぼえていますか』が刊行された。堀田氏の詩の魅力は、その発語の源の童心に立ち戻らせてくれる、飾らない精神性が込められていることだ。この世界が存在することの奇跡を感じ、そのただ中に誕生させてくれた父母の愛や命そのものに促されて、存在することの感謝の思いに貫かれていることだ。さらにその掛け替えのない命を育む星である地球を傷つける人間社会の傲慢さに警鐘を鳴らしている。詩文集のタイトルにもなった詩「おぼえていますか」には、堀田氏の詩に込められた追憶の意味が明らかにされている。一章の詩篇は、四季の春・夏・秋・冬の植物名が出てきてその季節の追想が描かれていて、読者に忘れかけている自然観を甦らせてくれる。

「おぼえていますか」

ミカンの花が咲きました／おぼえていますか／母のうたったあの子守唄を／揺られて眠った幼き日／／こいのぼりが泳いでいます／おぼえていますか／父の大きなあの背中／肩車して遊んだあの日／／まん丸お月さんでています／おぼえていますか／膝の上できいたあの昔話／／耳に残るあどけないつぶやき／／モミジが赤くなりました／おぼえていますか／夢中で走ったあの運動会／手に汗握り応援した日／／カラスがねぐらに帰ります／おぼえていますか／一緒に眺めた夕焼け空を／今でもあの日のままに／／冷たい北風が吹いています／おぼえていますか／叱られて家をとびだしたあの晩／夜空の星も泣いていた／／白い雪が降っています／おぼえていますか／今は遠い幸せの日々／変わらぬ思いで永遠の愛

この四行七連の詩は、今では失われつつある、自然の中で父母が子供をひたすら慈しむ出来事が「おぼえていますか」というフレーズによって物語られている。それは「母のうたったあの子守唄」、「父の大きなあの背中／肩車して遊んだあの日」、「膝の上できいたあの昔話」、「夢中で走ったあの運動会／手に汗握り応援した日」などの父母から注がれた愛情の余韻を甦らせてくれる。そして「今は遠い幸せの日々／変わらぬ思いで永遠の愛」として心に刷り込まれ刻まれていることを明らかにしている。堀田氏はこのような「幸せの日々」を「永遠の愛」としていつでも追想していく。そんな「永遠の愛」を喚起させる呪文のような言葉が「おぼえていますか」だと告げてくれる。きっと堀田さんは辛い思い出ではなく、それを包み込むような「幸せの日々」を追想することが、今生きている人間の精神において重要である、ということを伝えたいのだろう。それゆえに堀田氏の詩篇の多くは、「幸福な日々」に出会った様々な生きものたちの記憶を掬い上げてくる。

Ⅰ章は次の詩「寒椿」で、その中に父母や子どものいる光景を投影させている。

「寒椿」

凍てつく大地に深く根を張り／固い幹を守る　あなたは父のよう／寒い朝も幹を支えに枝を生い茂らせ／ピカピカと輝いている葉っぱ　あなたは母のよう／枝先には真紅の椿の花　希望の花／まるで娘のようにあでやか／この花を咲かせるために／どれだけの風雨に耐え／どれだけの愛を注いできたことだろう／君待ちてしばし語らん　寒椿

この詩「寒椿」を書き記す堀田氏の視線は、寒椿の花の美しさを讃えるのではなく、その花を支える根や幹を父とし、輝く葉っぱを母として、その父母がいるから、艶やかな「真紅の椿の花」・「希望の花」である娘が開花するのだ、と樹木の全体像に家族の役割を感じ取っている。一本の樹木を見るだけでもそこに家族を通した愛に満ちた世界のあり方を感じさせてくれる。その意味では、堀田さんは宇宙、地球、自然も家族であり、その家族の現われを詩に記そうとしている。

例えば詩「福寿草」では、「凍てつく大地を押し上げて／ひょっこり頭をのぞかせた／万歳万歳　黄金の花だ」と子の誕生を慈しんでいる。詩「春来れば」では、「季節はめぐり　花咲き鳥啼く／数えきれない命の　輪廻転生／喜び哀しみのせて　時は流れゆく／山よ川よ　海よ地球よ／世界中の子どもらの　宇宙はめぐりめぐる／明日の夢と希望をのせて　共に息づく」と最終連で語る。堀田氏が想起するのは、「数えきれない命の　輪廻転生」を繰り返している宇宙の命の連鎖なのだろう。そこに「明日の夢と希望をのせて　共に息づく」世界に近付こうと願っているのだろう。「おぼえていますか」とは家族の良き思い出に留まらないで、私たちの深層に刻まれている生命の神秘が生み出した世界を垣間見ようとしている精神の働きなのだろう。

その他の「春の使者」、「仏の座の悲しみ」、「さくら」、「うぐいす」、「カタクリの花」、「ほんとだよ」、「ねじり花」、「あり」、「虹」、「彼岸」、「月下美人」、「晩秋(リーフ　イズ　ダウン)」、「楓よ」、「クリスマス・ローズ」、「こぶだらけの大木」、「スギナのように」などの詩篇は、花や木々や昆虫などの命と自分の命が等価であり、同じ宇宙に生きていることへの連帯感に裏付けられていて、それらの存在の個性を賛美するような親しみで表現されている。

2

Ⅱ章「遊ぶ」十二篇は、リズミカルな言葉遊びの詩篇群だが、言葉遊びに終始するだけでなく、言葉の意味をより深めて堀田氏の人生哲学を感じさせてくれる。冒頭の詩「遊び」を引用する。

「遊ぶ」
微笑めば　微笑みが／微笑みながらやってくる／楽しめば　楽しみが／楽しみ連れてやってくる／遊べや　遊べ　遊ぶとき／遊べば友達やってくる／心豊かに遊ぶことは　生きること／遊びは学び　生きること／「遊びをせんとや生ま

れけん」（梁塵秘抄・今様の一節）

「微笑み」や「楽しみ」や「遊び」を心から行うことによって、友達や心の豊かさやよりよく生きることにつながると言う。それは「梁塵秘抄」の「遊びをせんとや生まれけん」という言葉に言われてきた人生を豊かにする知恵に合致するのだろう。その他の「七ようび」、「カラスの話し」、「おけら」、「花を見て」、「でっかいどー（ムーンラブ）」、「め」、「渦」、「鐘の音」、「子スズメ」、「一日」、「子守歌」などもその言葉の主人たちをリズミカルに引き回して、その存在感を爽やかにコミカルに詠っている。

Ⅲ章「誰かのために」十九篇は、堀田氏の人生哲学や文明批評を詩の中にしなやかに表現しようと試みている風刺的な詩篇群だ。

「誰かのために」

美味しいものをたらふく食べて／素敵な家に住み　かっこいい車に乗って／ブランド品に囲まれて　海外旅行／何一つ不自由のない暮らし／それであなたは

幸せですか／天井知らずの欲望／豊かさとは何を言うのでしょう／／現代のつながりを考える／新型コロナで職を奪われた人々／広がりつつある格差社会／貧しさの中でも懸命に暮らしている／災害や疾病から学ぶ人生／人は自分の弱さを知ったとき／痛みを理解し誰かのために／優しくなってゆくのでしょう／共存共栄　響きあう世の中へ

この「誰かのために」という他者への慈しみが堀田さんの中で湧き上がってきて、今の格差社会や物質的な豊かさを誇る風潮が、生きることに困難さを増していて、他者への痛みを欠如させていく風潮に危機意識を感じている。どうしたら他者に優しくなれるかを自分を含めた私たちに問い掛けている。

3

Ⅳ章「種まもる人」十篇は、東日本大震災などの自然災害、地球規模の異常気象、科学技術を過信した原発事故、農薬などによる土壌汚染、遺伝子組み換えによる食物の危険性、新型コロナによるパンデミックなどの社会的な難問を直視して、詩に取り込んで書き記している。

Ⅴ章「追憶の日々」十六篇では亡くなった夫、父、母、弟たちへの鎮魂の思い、生死を彷徨いながらも再起した娘に捧げる言葉など、家族と生きてきた時間を想起して、苦楽を共にした豊かな時間を反復して慈しんでいる。その中でも詩「娘へ」は病から癒える途上の娘に「永遠の愛」を託していく希望に満ちている詩だ。その一部を引用する。

「娘へ」の後半

ああ　懐かしく愛おしき日々よ／飛び去ってしまった小鳥／嬉しい事　哀しい事　楽しい事　辛い事／どれもみな　あなたの人生／今は傷つき　羽のない天使・・・／あきらめてはいけない　人生は／命さえあれば　素晴らしい／／母の顔に刻まれた古いシワの記憶／夢か現か幻か　優しい父はもういない／悲しみの果てに嘆きはしない／人生は何物にもかえがたく愛おしいもの／世界にただ一つのあなたの命／さあ行こう　楽しいことが待っている

きっと堀田氏は「世界にただ一つのあなたの命／さあ行こう　楽しいことが待っている」という精神で日々を生きていくことが、「永遠の愛」をつないでいくことだと物語っているのだろう。

Ⅵ章「小さな　お話」は、三編の自伝的な要素も含んだ想像力に溢れた童話であり、また昨年に画家の味戸ケイコ氏と一緒に作った絵本『ばばちゃんのひとり誕生日』の原作になった散文詩も収録している。堀田氏は子供たちに読んでもらいたいと願って童話や絵本の原作も書き続けている。

最後にⅢ章の詩「祈り」を引用したい。このような毎日の「祈り」が人の心に「生きとし生けるもの達の命の賛歌」を育んでくれる。堀田氏の詩に内在する「永遠の愛」を多くの人びとに感じて欲しいと願っている。

「祈り」

わたしは祈ります
昇る朝日に祈ります
今日も無事でありますようにと

わたしは祈ります
ご飯の前に祈ります
手を合わせ戴きますと

わたしは祈ります
病める人に祈ります
元気になれますようにと

わたしは祈ります
愛を込めて祈ります
生きとし生けるもの達の命の賛歌を

わたしは祈ります
夕焼け空に祈ります
感謝を込めて祈ります
鐘がなります　野に山に

あとがきにかえて

「おぼえていますか」沢山のこと　お世話になった人々

今は亡き両親や夫そして友人、出逢えなかったあなたへ感謝をこめて捧げます。

昭和・平成。戦争から敗戦、戦後の復興期そしてもはや戦後ではなくなったと言われる時代へ。バブル崩壊・大災害・原発事故と激動期。一方、温暖化・オゾン層破壊・海洋汚染・猛烈な気候変動・紛争等地球規模の大異変が現実問題となっている。ガリ版時代からＡＩ時代へ、まるで宇宙人になったような変わり様だ。

令和、新型コロナ時代に突入。経済や新しい人間の生き方が問われている。人類は長い歴史の中で様々の病原体との遭遇により、闘い祈り乗り越えてきた。ペスト・エボラ・天然痘・サーズ・マーズをはじめ疫病は時代を変えた。原発の後処理もこれからという時に大変困難な問題に直面。ウイルスに時間を奪われて右往左往、長期戦。共存共栄の響きあう世の中を目指して‼　未来にどんな望みをたくしてゆくか。今話題の「データや事実に基づき世界を読み解く」というファクトフルネス（スウェーデンの医師、ハンス・ロスリング）を学び、コロナ時代を生き抜く新たな課題にむきあって行こう。全世界で模索し新しい世を開拓する時のようだ。あらたな時代を生き抜く力を‼　新型コロナの後にはどんな時代が来るのであろうか。

人の命ははかなくて、生まれて消える水の泡のよう。明日ありと思う心のあだ桜夜半に嵐の吹かぬものかは……。喜寿に目標を決めてあと一冊詩集を出す予定であったが、思い立ったが吉日、外出できない時間をマトメに使った。意味のないことかもしれないと思いつつ、自分の生み出した言葉が愛おしくなった。自己満足の世界のようにも思うが、一人でもいいから読んで下さるなら嬉しいです。

先日最後の反戦映画を完成させ亡くなられた大林宣彦さんの残された

三つの言葉が心に残る。「人はありがとうの数だけかしこくなり　ごめんなさいの数だけうつくしくなり　さようならの数だけ愛を知る」素敵な言葉を残された。

一命をとりとめた長女は安定した一人暮らしを送っている。「人生にむだな事は一つもない」という言葉をかみしめている。病を乗り越え新しい夢に向かって歩み始めた。生かされているということはまだこの世でやる仕事があるということ。戴いた命大切にしたいものだ。

改めて思うことは出逢いの不思議。ご縁あって巡り合えた赤い糸を大切にしたい。名もなく豊かに、それなりに身の丈に合った良寛の言う「丁度よい」自分を探しながら行きたい。自分のできることで人々との繋がりを大切に。

編集にあたりコールサック社の鈴木比佐雄氏はじめスタッフの皆様方には多大なるお世話になり感謝しております。

二〇二〇年六月吉日

堀田京子

堀田京子（ほった　きょうこ）　略歴

一九四四年、群馬県生まれ。元保育士。現在、合唱やオカリナサークルのボランティア活動中。「コールサック」（石炭袋）会員。

〈著書〉

二〇一三年　『なんじゃら物語』（文芸社）
二〇一四年　随筆『随ずいずっころばし』（文芸社）
　　　　　　お話『花いちもんめ』（文芸社）
二〇一五年　詩集『くさぶえ詩集』（文芸社）
　　　　　　詩集『大地の声』（コールサック社）
　　　　　　詩選集『平和をとわに心に刻む三〇五人詩集』（コールサック社）に参加
二〇一六年　エッセイ集『旅は心のかけ橋』（コールサック社）
　　　　　　詩選集『少年少女に希望を届ける詩集』（コールサック社）に参加

二〇一七年　詩選集『非戦を貫く三〇〇人詩集』（コールサック社）に参加
詩集『畦道（あぜみち）の詩（うた）』（コールサック社）
二〇一八年　詩選集『詩人のエッセイ集〜大切なもの〜』（コールサック社）に参加
詩集『愛あるところに光は満ちて』（コールサック社）
二〇一九年　詩選集『東北（みちのく）詩歌集　西行・芭蕉・賢治から現在まで』（コールサック社）に参加
絵本『ばばちゃんのひとり誕生日』（味戸ケイコ・絵　コールサック社）
二〇二〇年　詩選集『アジアの多文化共生詩歌集　シリアからインド・香港・沖縄まで』
（コールサック社）に参加
詩文集『おぼえていますか』（コールサック社）

〈受賞歴〉
現代日本文芸作家大賞、日中韓芸術大賞、日伊神韻芸術優秀賞、
日独友好平和賞、モンゴル英雄作家光臨芸術賞など。

〈現住所〉
〒二〇四-〇〇一一　東京都清瀬市下清戸一-二二四-六

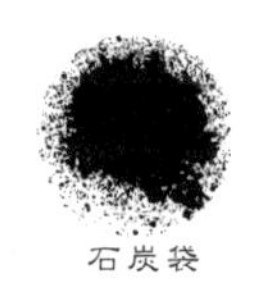

堀田京子詩文集
おぼえていますか

2020年7月26日初版発行
著者　堀田京子
編集・発行者　鈴木比佐雄

発行所　株式会社 コールサック社
〒173-0004　東京都板橋区板橋 2-63-4-209
電話 03-5944-3258　FAX 03-5944-3238
suzuki@coal-sack.com　http://www.coal-sack.com
郵便振替　00180-4-741802
印刷管理　（株）コールサック社　製作部

＊装幀　奥川はるみ

落丁本・乱丁本はお取り替えいたします。
ISBN978-4-86435-442-4　C1092　￥1500E